CE QU'IL VOULAIT

MACHA MÉRIL

CE QU'IL VOULAIT

roman

ALBIN MICHEL

1

La nuit ne s'annonçait pas clémente. Des orages devaient pourfendre le Midi de la France, plus particulièrement le Sud-Ouest. Elle ne croyait jamais tout à fait aux prévisions météorologiques, par optimisme et par défi. Ils se trompent assez souvent pour qu'on doute, surtout dans ce petit coin du Gers accolé aux Pyrénées. Les agriculteurs voisins prétendent bénéficier d'un microclimat, et c'est vrai qu'elle l'avait constaté. La proximité des montagnes, éloignées de cent kilomètres tout de même, et la configuration des terres vallonnées assurent à ce canton une exception climatique, à moins que ce ne soient les arbres spontanés dressés sur les crêtes des collines, protecteurs et régulateurs des vents. La région, longtemps la plus pauvre de France, a gardé sa géographie antique, la classant parmi les zones ressemblant aux paysages des années trente, peut-être même des siècles derniers, sans aller jusqu'au XVIIe, quand le marquis de Montespan avait été expédié loin de Versailles et de sa femme, au château de Beaumont, le bout du monde.

Les hauts chênes gémissent, les branches géantes balayent l'air. Ce n'est pas inquiétant, ce sont des spécimens de la forêt, nés et grandis dans ce sol qu'ils ont choisi eux-mêmes. Ils ont résisté à la violente tempête, quelques hivers plus tôt, et se moquent d'un coup de tonnerre de juillet. Peu importe la bourrasque, Lola ne songe qu'à demain, pourvu que le soleil soit de la partie, ici le temps change rapidement. Elle voudrait que son nouvel invité découvre sa maison sous une belle lumière. Elle lui en a tant parlé. Les Parisiens sont persuadés que le beau temps est garanti dès qu'ils passent la Loire. Peut-être vrai dans le Sud-Est, mais ici on subit l'influence atlantique, plus lunatique. Lola avait adoré la Provence, puis le Lubéron, où elle louait chaque année une maison, mais elle avait eu le coup de foudre pour cette petite propriété du Gers et l'avait achetée alors que rien ne la liait à cette province. Depuis, elle en avait apprécié les charmes, chaque jour un peu plus : sautes de température, chaleurs brusques, ciel pur et nuits étoilées, les plus belles de toute la France à cause de l'absence de pollution. Elle se sentait attachée à cette terre comme elle ne l'avait jamais été à aucun lieu auparavant, elle, fille nomade, pas Française de souche, pas campagnarde du tout. Mais la chose qui la surprenait le plus, c'était qu'elle n'éprouvait aucun besoin de vanter son choix, de faire du prosélytisme. Ceux qui partagent son engouement sont les bienvenus, mais ceux qui sont critiques ou réticents n'ont qu'à rester là où ils sont, elle n'essaiera pas de les convaincre. Une nouveauté dans son tempérament plutôt militant. Elle a de fortes convictions sur tout : la cuisine, la politique, l'art et la morale. On peut dire d'elle qu'elle a des opinions. Elle connaît sa réputation, elle n'en tire aucune vanité mais aucune gêne non plus. Elle réfléchit depuis qu'elle est petite, son père souriait déjà à ses affirmations enfantines. « La colle c'est pour que les choses et les gens restent ensemble », « l'herbe c'est pour que les insectes se cachent », etc. Elle était connue pour ses interrogations précoces : « Comment fait-on le pain ? » ou « Comment sont accrochées les étoiles dans le plafond ? » Sa curiosité ne s'est jamais démentie, et commande sa vie sentimentale. Elle aime apprendre auprès d'un homme qui en sait plus qu'elle. Ses relations précédentes avaient été fondées sur cet appétit de connaissances. Son premier amour, un homme de l'âge de son père, était brillant, ses deux compagnons suivants également. Mais une faille se faisait jour dans sa capacité à les admirer dès qu'ils commettaient une injustice ou un abus. Un trouble s'installait alors, irréductible. Elle avait chaque fois mis du temps à identifier la cause de ce déséquilibre, sans parvenir à redresser la barre. Elle se posait bien des questions à ce sujet, et traversait une phase de doute sur elle-même, et sur sa manière d'aborder la vie de couple.

Avec Thomas, c'était différent. Elle le connaissait à peine, nourrissait une très grande curiosité à son égard, mais ne songeait à aucun avenir. Elle tentait un autre comportement, plus maîtrisé, puisque ses expériences amoureuses avaient mal tourné jusqu'ici. Elle se disait que ses choix n'avaient pas été justes. Ou que sa tendance à « investir » dans une liaison s'était révélée funeste. Avec Thomas, la situation se présentait autrement. Elle ne décidait rien. Elle l'observait, sans attente ni inquiétude. Il se livrait peu, elle subissait son charme insondable sans poser trop de questions. Il venait pour la voir, elle. Le lieu importait peu. Le décor était secondaire. À Paris, il ne faisait pas la différence entre les beaux et les vilains quartiers, il lui donnait des rendez-vous dans des cafés PMU sans charme, et portait toujours les mêmes chemises bleu aviation sur un jean fatigué. Cette indifférence à la forme le rendait très sympathique, il semblait ignorer son physique avenant, et sa jeunesse éclatait d'autant plus qu'il ne l'exploitait pas, ni dans ses manières, ni dans ses raisonnements. En passant devant le célèbre glacier Berthillon, elle lui avait fait goûter un cornet de sorbet à la fraise des bois, il l'avait apprécié mais avalé en trois bouchées, comme pour s'en débarrasser. De toute évidence il n'était pas homme à faire un détour par cette rue pour renouveler le plaisir. Sa volupté résidait ailleurs, dans le secteur des émotions intellectuelles, et probablement sexuelles. Les objets et les denrées jouaient un rôle très secondaire. Il avait un fond calviniste, écologiste et peu consommateur. Il s'étonnait qu'elle fasse cinq cents mètres à pied avec son panier pour acheter des fromages de chèvre au marché, mais ne discutait pas. Ne s'extasiait pas. Il mangeait les fromages en demandant leur nom, par courtoisie et par ignorance.

Elle espérait seulement qu'il se sente bien dans cette petite maison confortable mais peu décorée, qu'il ne soit perturbé par rien. Elle avait prévu une table spacieuse pour qu'il puisse travailler, avec un relais WiFi, ce qui n'avait pas été simple, vu l'épaisseur des murs. Il avait dit qu'il avait des épreuves à corriger, et qu'il avait besoin de calme et de silence. Elle pensait que la promesse de silence l'avait décidé à faire le voyage, quatre heures de train et encore une heure de voiture pour arriver dans ce petit paradis isolé et verdoyant. Elle n'avait pas fait l'article mais ses descriptions avaient fait mouche. Les arbres, le pré, l'étang où l'on peut se baigner, les champs de tournesols. Pour Lola, rien ne manquait à ce lieu champêtre, mais lui, l'aimerait-il ? Bien qu'elle ne cernât pas encore sa personnalité, étrangement elle ne s'en inquiétait pas. « Suis-je enfin mûre ? » se demandait-elle intérieurement. « Vais-je réussir cette fois-ci à ne pas envahir un homme ? » Thomas était un garçon secret, peu rieur, beau et sombre comme un danseur de tango. Des yeux vifs dont le gris se muait en bleu marine pendant l'amour. Garçon trop intelligent, il avait les symptômes de ces jeunes gens surdoués qui comprennent trop vite et n'ont pas de naïveté. Des enfants malheureux.

Il faut dormir. Rien ne sert d'être harassée par le manque de sommeil, demain il faudra prendre la route pour aller à la gare d'Agen chercher le bel oiseau qui vole vers elle. Pas d'emballement, Lola est en convalescence de la fraîche rupture avec Julien, définitive celle-là après deux ans de tangage, d'âpres discussions, d'impossibles mises au point, symptômes d'une relation qui s'essouffle et ne trouve plus sa raison d'être. Elle s'était juré de prendre une année sabbatique côté cœur, et de laisser son corps en jachère, quand Thomas s'est présenté.

Présenté n'est pas le mot. Il s'est imposé dès le premier soir, avec le calme de quelqu'un qui sait d'avance ce qui se passera. Imposé n'est pas le mot juste non plus. Il ne demande rien. Il entre. Il est sûr de ne pas être rejeté. Lola n'avait jamais croisé ce type d'homme. Viril, on pourrait le dire, bien que féminin par beaucoup d'aspects. Il ne conduit pas, il parle doucement, en choisissant ses mots, il la regarde droit dans les yeux, sans ciller. Ses mains sont blanches et mobiles, ses doigts frottent toujours quelque chose, le bord d'une table, un verre, des lunettes, ou l'autre main, dans un petit ballet de phalanges croisées. Il boit de l'eau, le vin lui monte à la tête rapidement, dit-il, mais elle avait réussi à lui faire goûter son pouilly fumé préféré, il l'avait aimé. Il l'avait bu d'un trait, comme les personnes qui ne connaissent pas le vin. Elle avait souri de son inculture, en se promettant de faire son éducation, puis en réprimant aussitôt cette fâcheuse tendance à régenter les autres, on le lui reprochait assez. Rien ne sert d'avoir raison, si c'est indigeste pour la personne qu'on a en face de soi. Cette fois elle sera souple et tolérante, elle n'alourdira d'aucune manière cette amitié naissante dont elle ne peut pas prédire le développement. Au jour le jour, se dit-elle.

Le vent se calma vers trois heures du matin et le jour apparut, radieux. Le pré dressait allègrement ses herbes verdies par l'averse de la nuit, jusqu'au pied de la maison, traditionnelle bâtisse gersoise plantée au milieu du pré. La nature claironnait sa bonne humeur par des odeurs de rose et de menthe sauvage. Lola jeta un coup d'œil à son buisson de basilic, sa tasse de café à la main. Il prospère. De bonnes salades de tomates en perspective. La radio locale égrenait les noms des villages qui tireront un feu d'artifice, certains ce soir, le 13 juillet, d'autres demain, le 14. Le soleil commençait à chauffer les pierres du muret d'enceinte de la terrasse, des bébés lézards les escaladaient à une vitesse incompréhensible pour de si petits animaux. Tout se mettait en place pour accueillir un étranger avec les infimes splendeurs de la campagne gasconne.

Lola vérifia encore que l'eau minérale était bien au frais, ainsi que le sauvignon, mais elle avait déjà fait le tour de tout cela dix fois hier. Elle hésita : baignade ou pas avant de s'embarquer pour Agen ? Elle en avait largement le temps. Mais non, pas baignade, pour garder ses longs cheveux secs et fraîchement lavés, mais aussi, en guise d'offrande secrète, pour conserver le partage de ce premier bain avec lui cet après-midi. Peut-être. Soudain une pensée la traverse : sait-il nager ? Aime-t-il l'eau ? Celle de son étang irrigué par un ruisseau est parfaitement limpide quoique d'apparence brune, les non-habitués peuvent craindre les couleuvres, les loutres ou les grenouilles qui s'y prélassent. Les bienfaits de l'eau douce sur la peau remplissent les manuels des allergologues et des dermatologues, mais Thomas ne le sait peut-être pas. Ou s'en fiche. Lola avait remarqué qu'il se nourrissait prudemment, au cours des quelques repas qu'ils avaient pris ensemble, mais sans avoir décelé en lui de phobie ou de croyance particulière.

Cette affaire avait du piquant. Elle recevait un inconnu, somme toute. Et en ressentait une évidente excitation, doublée cependant de nonchalance. « Si ça lui plaît tant mieux, si ça ne lui plaît pas tant pis. Il n'est pas l'homme de ma vie, aucun homme désormais ne sera plus l'homme de ma vie. » Lola est guérie de cet espoir puéril, elle a grandi, enfin. Quelques cicatrices des déchirures passées restent encore douloureuses, mais elle ne doute pas qu'elles finiront par s'estomper.

Néanmoins quelle que soit la place que prendra cette nouvelle relation, Lola éprouve un remous inédit. Ce garçon ne ressemble à aucun autre. Il a pris possession d'elle en un temps record. Dès le premier soir il a posé sa main sur sa cuisse, puis rapidement entre ses jambes, sous la table du dîner de clôture du festival où ils étaient conviés tous les deux. Elle avait trouvé ça rigolo, et inhabituel. Les hommes sont si indécis aujourd'hui. Il a dix ans de moins qu'elle, peut-être quinze, cette différence n'a pas semblé les déranger le moins du monde. Lola trimbale un air juvénile, à cause de ses longs cheveux jamais coupés depuis l'enfance, de son teint frais ignorant le maquillage et les soins de beauté. Une sacrosainte terreur des piqûres et des bistouris l'a protégée de toute intervention. Elle n'avait pas repoussé sa main, elle avait souri, pensant qu'elle était partiellement responsable de l'audace du garçon, suite aux propos anticonformistes qu'elle avait tenus sur la place de la femme dans la société. Elle avait laissé faire, flattée de susciter le désir, quelques mois d'abstinence après sa séparation. Un dialogue intense s'était instauré entre eux, excluant tous leurs voisins de la table. Elle avait parlé de George Sand, du courage que cette femme remarquable avait eu pour relater ses infidélités dans *Histoire de ma vie*, avec une franchise d'écrivain et de femme engagée. Il avait parlé d'Alexandra Kollontaï, sociologue nommée par Staline ministre de la Condition féminine, première du genre, qui prônait l'amour à trois, pour désenclaver le couple et éviter qu'on s'enferme dans les délices du tête-à-tête en se détachant dangereusement de la collectivité. Ils flirtaient en étalant les références et les lectures, jeu amusant en guise de passeport intellectuel. Qui es-tu, que lis-tu, fais-tu partie du même club que moi ? Oui, mon ami, je suis du même club que toi, mais de là à te mettre dans mon lit, on verra.

Ils avaient été séparés par les navettes qui les reconduisaient chacun à son hôtel. Il fit comprendre qu'il était disposé à la suivre, mais elle resta évasive, et leur première fois n'eut pas lieu le soir même. Coquetterie vaine, lui dit-il plus tard calmement, elle aurait pu ne pas perdre une soirée et oser ce blitz sexuel. Quand on a compris que cela arrivera, inutile de faire la jeune fille. Elle y pensa longtemps par la suite, n'était-elle pas encore victime des réflexes de la culture chrétienne qui s'effritait de décennie en décennie ? Bien sûr qu'elle aurait pu l'accueillir dès le premier soir, ils se désiraient, au nom de quel principe avait-elle réprimé cette montée de sève ? Mais le jeu en était allé ainsi. Il y a des secondes déterminantes où le caractère se dévoile tout entier. Comme au black-jack, il faut décider vite, et assumer les conséquences des décisions. Elle avait préféré passer son tour. Elle culpabilisa vaguement, déplora avoir loupé un geste franc, sous ses airs aguerris elle était encore timide.

Mais le sort s'était rattrapé. Dès le lendemain, ils avaient fait l'amour sans hésitation, dans sa chambre du relais-château où étaient logés les pistonnés comme elle, inscrite au même parti politique que les organisateurs du colloque. Elle avait été saisie par la simplicité de leur premier échange sexuel. On aurait dit qu'ils se connaissaient depuis toujours. Thomas était habile et direct, sans lenteur ni détours. Elle avait aimé ça. Un homme qui connaissait son affaire et allait droit au but. Pas de psychologie, pas de fausse pudeur. Il la conduisit à la jouissance sans difficulté, et lui-même sembla atteindre la sienne plusieurs fois.

Lola en fut étonnée et troublée. Il y avait donc plusieurs façons d'aborder le sexe… elle se sentait soudain comme une débutante. À trente-huit ans on peut receler encore des virginités. Le monde est une surprise permanente, on ouvre innocemment une porte et un paysage entier s'engouffre soudain. Une vue nouvelle, une lumière ignorée, un autre temps. Rien de ce qu'elle ressentit ce soir-là ne ressemblait à sa sexualité passée. À peine avaient-ils fini qu'elle souhaitait recommencer, qu'elle y invitait son partenaire sans ambages, lequel s'y prêtait malicieusement. Ils étaient restés dans ce lit de province cinq heures d'affilée.

De retour à Paris elle tenta de raisonner. Que s'était-il passé ? De quelle nature étaient ces ébats ? Comment devait-elle les qualifier ? Elle refusait d'admettre qu'elle était mordue, cherchait à minimiser l'affaire, elle faisait connaissance avec la permissivité sexuelle de la génération des vingt-trente ans. Jusqu'ici elle avait été épargnée. Elle n'avait eu que des partenaires fixes, trois au total, sept ou huit ans chacun, dans une exclusivité consentie et heureuse. Elle n'avait jamais traîné dans les bars, dans les boîtes de nuit, elle avait rencontré ses compagnons à l'université, dans son travail, chez des amis, deux d'entre eux continuaient à se fréquenter en dehors d'elle, et elle ne s'en offusquait pas, elle trouvait même cela plutôt rassurant. Mais les années passaient, et elle se demandait quel avenir l'attendait. Sans s'affoler. L'idée de ne pas fonder de famille ne la désespérait pas, contrairement à certaines amies de son âge qui paniquaient dès la trentaine de ne pas avoir encore d'enfant. Lola aimait son métier de documentaliste, elle ne s'ennuyait jamais en compagnie des historiens, des cinéastes et des journalistes qu'elle côtoyait, elle ne voyait pas passer les années. Elle ne croyait pas à « l'âge de ceci » ou « l'âge de cela », elle entretenait une relation avec le temps qui la mettait à l'abri de tous les clichés. Les femmes ont des terres vierges devant elles désormais, des possibilités inexplorées où leurs dons s'épanouissent, et les chemins diffèrent de plus en plus de l'une à l'autre. Sans être d'une ambition effrénée, Lola avait des objectifs précis et comptait bien les atteindre. Depuis des années, elle réunissait du matériel pour rédiger une encyclopédie sur l'esprit des femmes à travers les siècles, sur l'humour féminin en résistance, et sur le pouvoir des femmes par les mots. Une recherche littéraire et historique qui lui avait fait découvrir des pépites de reparties de femmes de caractère, connues et moins connues.

Thomas avait manifesté de l'intérêt pour ce travail, mais elle n'en avait pas trop dit, les universitaires sont filous, ils sont susceptibles de se piquer les idées entre eux. Elle savait qu'il faut être prudente, ne pas trop parler. Thomas était sociologue, il pouvait parfaitement s'emparer du sujet sous l'angle sociologique. Il était lui-même occupé à l'étude du couple dans les sociétés émergentes. Il avait fait deux voyages en Chine et au Tibet, et s'apprêtait à partir pour l'Inde du Nord, où les mariages mixtes entre hindouistes et pachtounes musulmans commençaient à se faire nombreux. « Ce sont les femmes qui réguleront le monde », se plaisait-il à dire. Pas spécialement pour faire plaisir à Lola, dont la fibre féministe n'était pas exacerbée, mais il défendait cette idée ardemment, la démontrait à l'aide de nombreux exemples étudiés. Les femmes et les vaccins, les femmes et les ONG, les femmes et les produits de beauté, les femmes et les interruptions de grossesse, les femmes et les usages vestimentaires. Le voile comme paravent et non comme contrainte. Elle avait entendu un bout de la conférence qu'il avait donnée au fameux symposium, sur ce sujet justement. Pas de chance, un conteur malien plein d'humour se produisait en même temps dans la salle à côté, et le pauvre Thomas avait vu ses auditeurs déserter la sienne de minute en minute pour rejoindre les éclats de rire voisins. Lola elle-même avait fait défection, elle s'était glissée hors de l'amphi pour aller écouter le spirituel marabout. Thomas lui dit plus tard qu'il l'avait remarquée, il pensait qu'elle était une des organisatrices passant de salle en salle pour voir si tout allait bien. Il ne lui avait donc pas tenu rigueur de sa sortie, mais dès ce moment il avait décidé de la retrouver au dîner.

Une femme qui est remarquée par un homme ne peut rester indifférente. Sous le faisceau du regard qui fixe son visage, qui poursuit sa silhouette, la femme se sent choisie, nommée. Dans la nature, la pigeonne sait quand le pigeon la cherche, même si elle lui tourne le dos. Elle se tortille pour signifier son dédain, mais elle est déjà prise, assignée à résidence, dans un périmètre établi par le mâle. Elle a beau tournicoter, il la regarde et s'approche en cercles concentriques. Elle ne pourra pas aller bien loin. Elle peut faire durer la ronde, mais l'issue reste fatale. Les humains sont-ils plus sophistiqués ? Pas si sûr, quand ils doivent se rencontrer les barrières s'effondrent. Thomas avait jeté son dévolu sur Lola, elle ne s'en était pas aperçue tout de suite. N'est-ce pas dans l'ordre des choses, le mâle chasse et la femelle est chassée ? Les femmes qui se jettent à la tête des hommes brisent cet équilibre ancestral et faussent le jeu de la séduction. Lola n'était pas traditionaliste, elle respectait pourtant les attitudes instinctives, la retenue, le vouvoiement, la réserve des premiers gestes. Malgré la familiarité du langage actuel, elle gardait ses distances et n'accordait pas son amitié au premier venu. Elle plaisantait, saluait, embrassait comme tous le font, mais esquivait toute familiarité. Un rempart de politesse et de bonne éducation l'empêchait de se mêler à la promiscuité générale. Les imbéciles la trouvaient « froide ». Elle s'en fichait complètement, et ne souhaitait changer pour rien au monde. Il lui arrivait de remettre quelqu'un à sa place, un inconnu qui se permettait de la tutoyer ou qui lui mettait la main sur l'épaule sans y avoir été invité. L'audace de Thomas lui avait paru d'autant plus cocasse qu'elle se savait distante, presque inatteignable. Il n'avait pas montré l'ombre d'une hésitation, comme si le chemin était tracé, il n'avait qu'à le parcourir.

Cette assurance avait plu à Lola. Un homme clair, décidé. Quand on laisse entrer le doute, l'appréhension, il devient difficile de se rapprocher. Tout incite à reculer. Peur de se dévoiler, peur de s'engager, peur d'être repoussé. Peur d'être ridicule, de faire une folie, d'être embarqué, de consommer un temps qui manque déjà au programme de travail qu'on s'est fixé. La raison, toujours la raison. La raison est un tue-l'amour. L'amour a besoin de liberté, de coups de théâtre, d'absurde.

L'irruption de Thomas dans la vie de Lola ramenait ces réflexions dans un remue-ménage affectif. Lola tentait de garder la tête froide, de ne rien attendre de cet envahissement.

Curieuse, amicale, désireuse, gourmande, oui.

Amoureuse, fébrile, obsédée, non.

On l'invitait à vivre une expérience insolite, un amour qui ne portait pas ce nom. Il lui fallait en tirer le meilleur et en savourer chaque instant. Il serait grand temps, plus tard, d'analyser le phénomène, de le comprendre.

Aujourd'hui un jeune homme débarque sur ma colline, nous dînerons sous le tilleul, nous regarderons les étoiles filantes, allongés sur le pré. Des moments de bonheur simple se profilent.

Elle enfila sa robe-tunique en lin très seyante qu'elle avait repassée, en sachant pourtant qu'après une heure de voiture elle serait à nouveau toute froissée, des sandales et un grand collier en bois, et monta dans sa voiture, une vieille Toyota qui restait toujours à la campagne. Le soleil était au rendez-vous, ouf ! L'air qui entrait par la vitre ouverte lui susurrait que l'été éclaterait, et que sa gloire accompagnerait les jours à venir. Car Lola n'avait pas l'intention d'escamoter ses vacances, elle avait travaillé dur toute l'année et attendu ces jours d'été avec impatience. L'arrivée de Thomas avait bousculé un programme déjà établi. Aux dernières nouvelles, sa sœur et son beau-frère, qui avaient des problèmes avec l'inscription de leurs enfants dans la nouvelle école, ne viendraient pas cette année, ça tombait bien.

Cela semblait même trop beau, trop lisse. Une maison toute à eux, des coins de jardin tranquilles, sans piaillements d'enfants, des repas à l'heure qu'on voudra, sans obligation, sans routine. Trop parfait pour ne pas coincer, à un moment ou un autre, se disait-elle. En même temps, elle était curieuse de ces perturbations qui ne manqueraient pas d'arriver, la vie le lui avait enseigné. Rien ne se passe jamais comme on l'a prévu, rien ne file droit, ni ne se déroule sans accroc, quelles que soient les précautions et prévisions. De quelle nature seraient les moments difficiles ? De qui viendraient les premiers signes d'impatience ? Vivraient-ils au contraire une lune de miel, sans un nuage ? Elle a dressé plusieurs chambres, pour le laisser choisir : celle du bas près de la sienne, mais il faut partager la salle de bains, celle du haut, plus petite, mais loin de la cuisine et des bruits du matin. Dort-il tard, est-il lève-tôt ? Travaille-t-il la nuit, le jour ? Voudra-t-il dormir avec elle, et où se passeront leurs embrassades ? Aura-t-il le même appétit de sexe qu'à Paris ? Autant de questions qu'elle se pose en roulant, dans ce mois de juillet pas banal.

Ils s'étaient quittés sans se quitter, elle lui avait dit qu'elle avait pris un billet de train longtemps à l'avance, pour bénéficier du meilleur tarif, et qu'elle ne pourrait pas le changer. Il l'avait écoutée sans s'émouvoir, et encouragée à partir. « Je te rejoindrai peut-être », avait-il ajouté, sans préciser ni quand ni pour combien de temps. Elle n'avait aucune raison d'insister. Il ne fallait rien demander. Juste proposer. Elle lui avait dit qu'il était le bienvenu, mais qu'elle aimerait savoir quelques jours à l'avance la date et l'heure de son arrivée pour qu'elle s'organise.

« Ne change rien à tes habitudes », lui avait-il répondu laconiquement, et elle s'était contentée de cette mise en garde. Il ne voulait pas qu'elle fasse trop grand cas de lui, ni qu'elle se donne du mal pour le recevoir. Il passait. Pas de plans sur la comète. Il laissa entendre qu'il avait une visite à faire avant d'aller chez elle, et ne savait pas par quel train il arriverait.

Elle avait expliqué qu'Agen n'était pas si bien desservie, certains trains ne s'y arrêtent même pas, il passerait forcément par Bordeaux, d'où qu'il vienne. Il répondit qu'il était un grand garçon, qu'il avait traversé la Thaïlande en autobus et qu'il avait une bonne expérience des moyens de transport partout dans le monde.

Le mystère dont il entourait sa venue ajouta au suspense. Viendra, viendra pas, et quand ? Elle avait pris son train comme convenu et, quelques jours plus tard, il l'avertit par mail qu'il serait à la gare d'Agen le jeudi suivant à 15 h 30. Aucun train n'arrive à cette heure-là à la gare d'Agen. Elle vérifia sur internet, le TER de Bordeaux arrive à 15 h 01 et celui de Toulouse à 15 h 04. Puis plus rien jusqu'à 16 heures. Quelqu'un le déposait en voiture, ou bien il descendait en auto-stop ? Il ne roulait pas sur l'or mais semblait pouvoir s'acheter un billet de train. Lola hésita : lui offrir un billet ? N'était-ce pas un peu frontal ? Comment le prendrait-il ? Elle songea à un subterfuge : lui dire qu'elle avait pris un second billet pour sa sœur qui serait inutilisé, en voudrait-il ? Elle jugea que c'était cousu de fil blanc et se tut. Somme toute elle ne savait pas quel « circuit » il suivait avant de venir chez elle, ni chez qui il allait. Une ancienne maîtresse ? Une parente ? Un ami ? Au détour d'une conversation, il avait insinué qu'il ne quittait pas les femmes qu'il avait aimées. Il conserve des liens avec toutes et trouve minable d'en éliminer une à cause d'une autre. Il les aime toutes et ne cessera de les aimer. Un raisonnement dans ce goût-là. Elle avait écouté sans faire de commentaire. Thomas montrait un certain aplomb, jugeait la plupart des comportements de couple ringards et étriqués. Tout est à remettre à plat depuis la pilule et les tests ADN. On ne peut plus vivre comme au XIXe siècle. Un monde exaltant est en train de s'ouvrir, soyons les premiers à en profiter.

Lola ne le contredisait pas, sincèrement intéressée. Et si ce garçon incarnait l'homme de demain ? Et si la solution se trouvait là, dans une complète refonte des rôles et des modes ? La révolution est tentante, excitante même, on franchit plusieurs marches d'un coup, sans attendre. En politique on sait maintenant que ça ne fonctionne pas, mais en amour, les audacieux ne sont-ils pas chargés de montrer la voie, en avant-garde ? L'éventualité de participer à une révolution des mœurs ne déplaisait pas à Lola. Le point de départ d'une société, c'est le couple, ou l'abolition du couple, si on en croit les fouriéristes ou les anarchistes rouges ou noirs. Tous les penseurs ont planché là-dessus. Ont buté là-dessus. La procréation oblige-t-elle un homme et une femme à vivre ensemble, pour le meilleur et pour le pire, comme dit la bénédiction chrétienne ? N'existe-t-il aucune autre combinaison que ce face-à-face obsédant et permanent ? L'éveil du savoir, dans toutes les couches de la population, est-il compatible avec la constance conjugale ? Il suffit de regarder autour de soi pour voir que le modèle du couple ancestral bat de l'aile. Thomas expliquait qu'un formidable élan planétaire poussait les humains à s'accoupler différemment. Les indices ne manquaient pas dans les sociétés avancées, divorces à répétitions, homosexualité et recrudescence de célibataires. Il était intarissable sur le sujet, disant que les changements incombaient à sa génération, qu'il ne fallait plus attendre.

La venue de ce curieux garçon ne serait pas neutre, Lola sentait qu'elle ferait quelques pas vers autre chose, quoi au juste elle l'ignorait, mais elle ne ferait pas barrage à la nouveauté. En réalité elle était prête pour cela, elle avait plus ou moins accompli le deuil de son ratage précédent. Les bonnes âmes ne cessaient de lui dire qu'on a plusieurs vies au cours de la vie, qu'un seul homme ne peut endosser toutes les fonctions, répondre à tous les besoins d'une femme, de même qu'une femme ne peut assouvir tous les désirs d'un homme. Oui, elle savait tout cela, mais la polygamie lui faisait horreur, et au tréfonds d'elle-même elle croyait encore au grand amour fusionnel et indiscutable. Elle se situait entre deux âges, entre deux définitions d'elle-même, entre femme seule et femme libérée, femme quittée et femme renaissante. Une période transitoire, quand l'histoire s'arrête un moment et que se prépare un nouveau régime, encore incertain mais probablement écrit : régences, règnes de souverains enfants, hissés sur les trônes trop tôt, temps de complots et d'ambitions souterraines. Ciels encombrés de nuages que le vent de l'histoire met du temps à disperser.

Cependant elle avait confiance en son futur. La machine de l'amour allait se remettre en marche. Lola se disait qu'elle entendait des bruits avant-coureurs, dont la voix de Thomas, si singulière, n'était peut-être que le premier son. Combien de rencontres servent de tremplin à une autre, ou de couvercle à la précédente... elle l'avait constaté autour d'elle, avec étonnement. Sa longue liaison avec Julien l'avait écartée du manège, elle s'en était félicitée, lâchement sans doute. Le statut de femme casée protège des intempéries mais masque la réalité. Voici qu'elle se retrouvait dans la situation de ses amies qu'elle avait jadis plaintes, dont elle avait déploré les essais répétitifs et infructueux avec des partenaires improbables. De ces tentatives, ces femmes avaient sans doute retiré des connaissances qui lui faisaient totalement défaut en ce moment. Elles avaient acquis de la légèreté, de l'indulgence. Il faut être seule, en première ligne face au réel, pour saisir toute la diversité des circonstances. Cette modestie récente, qu'elle considérait comme une avancée, modifiait son approche du monde, avec des incidences même sur son travail. Elle voyait les personnages historiques, qu'elle fréquentait dans ses recherches, avec un œil moins tranchant, elle vérifiait et revérifiait les informations, se méfiait des légendes, des conclusions établies, veillait à ce que ses propres conclusions ne soient ni hâtives ni faciles. La nature humaine réserve des surprises, les écarts sont fréquents, même chez les plus beaux esprits. Ici un roi s'échappe de son palais pour aller trousser des paysannes, là un philosophe rationaliste étrangle sa femme, là encore un chef d'État s'enrichit démesurément en cachette de son peuple. Manants et gouvernants à la même enseigne.

Autrefois les religions enseignaient à se tenir droit, à maîtriser les pulsions débordantes. Pour Lola c'est l'art, la recherche du Beau qui remplit désormais cet office.

Elle s'est forgé une ligne de conduite qu'elle songe à mettre noir sur blanc un jour, un petit traité de bonne vie par l'esthétique.

Mais rien n'est sûr en elle aujourd'hui. Elle traverse un moment de flottement, un flou qui pourrait remettre en question tout ce qu'elle a défendu dur comme fer jusqu'à ce jour.

Le vent fait voler ses cheveux par la vitre ouverte, elle ne roule pas vite pourtant. Elle ralentit encore. Ne pas se précipiter. Son cœur bat plus fort que de coutume, en toute désobéissance. Les champs défilent, épanouis et victorieux. Des vallons entiers de tournesols jaune vif, des blés à tige courte, prêts aux moissons. « Comme c'est beau, se dit-elle. Je ne cesserai jamais de m'émerveiller. » Tout est voulu, dessiné par l'homme, mais la nature a le dernier mot, elle veut ou elle ne veut pas, comme un cheval pur-sang entre les mains d'un dresseur. Ici la nature veut, elle redouble de force et de verdeur chaque année.

Au loin on entend une sirène, provenant d'un village en aval. Un départ de feu, peut-être, on appelle les pompiers à la caserne. Félicien, l'homme à tout faire qui s'occupe de son jardin et surveille sa maison quand elle n'est pas là est pompier bénévole. Il lui a appris à différencier les sirènes : celle de contrôle, le premier jeudi du mois, celle des annonces de décès, celle de l'arrivée des moissonneuses-batteuses, et celle, justement, des pompiers. Durées différentes, intentions différentes. Il ne faut pas systématiquement redouter leur son strident, elles n'annoncent pas que de mauvaises nouvelles. La puissance des décibels fait frissonner, cependant. On a hâte que ça finisse. Un chat noir et blanc traverse la route d'un bond. Ni blanc ni noir, comment décrypter le présage ? Il est passé de droite à gauche, Lola décide que c'est bon signe.

Thomas est assis sur un banc devant la gare, en plein soleil. À ses pieds un sac informe qui semble à moitié vide. Lola arrête la voiture juste devant lui, elle baisse la vitre et lui dit, espérant être drôle :

– Vous voulez un passage, monsieur ?

Thomas ne l'avait pas reconnue immédiatement, au volant de sa guimbarde. Il ne répond pas, se lève et balance son sac à l'arrière de la voiture, puis vient s'asseoir devant, sans qu'elle ait le temps de sortir de la voiture.

– Bonjour Lola. Tu es belle.

Pas un baiser, pas un attouchement. Lola ne fait aucun geste non plus. Les quelques jours de séparation les écartent dans une brusque pudeur. Elle ne s'attendait pas à cette gêne. Thomas semble mal à l'aise, comme distant.

– Tu attends depuis longtemps ? lui demande-t-elle en regrettant aussitôt son indiscrétion.

– Non.

– On y va ?

– On y va.

2

Si je savais parler, je pourrais en dire des choses. Ma vie n'est pas si longue, mais j'en ai déjà vu beaucoup, des choses. Depuis que je vais travailler dans des maisons, encore plus. Du jardin on voit par les fenêtres. On entend. Quelquefois on me prend à partie. Facile, je ne compte pas, je suis comme un arbre, ou une fontaine. J'étais là avant et je serai là après. On me fait confiance, ou plutôt on m'ignore. Quand j'étais petit, je me souviens, on m'avait raconté une fable où un roi très cruel crevait les yeux de ses serviteurs ou leur coupait la langue pour qu'ils n'ébruitent pas ce qu'ils entendaient. Les propriétaires sont pareils. Ils veulent qu'on les écoute mais pas qu'on répète ce qu'ils nous confient. Moi je n'aime pas qu'on me raconte des trucs, n'importe quel truc. Des affaires de famille, d'argent, de cul, les médisances ou les rancœurs. Je fais en sorte d'être loin, au fond du potager, pour qu'on ne vienne pas me parler. Je viens le matin tôt, quelquefois, quand je suis sûr que personne n'est encore dehors. J'aime beaucoup le matin, les fleurs sont fermées et les légumes sont frais. C'est la bonne heure pour voir les lapins qui viennent grignoter les feuilles d'épinards, ou les chevreuils qui boulottent les pousses d'arbres, les boutons de roses et les raisins verts. Je les vois sauter par-dessus le grillage électrifié que j'ai mis tout autour, les canailles. Il va falloir que j'ajoute un fil en hauteur. La chasse est fermée, je ne peux pas apporter mon fusil, mais au fond j'aime bien les voir, il n'y a pas d'animal plus gracieux. Je ne bouge pas, j'entends hululer les dernières chouettes avant leur sommeil de la journée, j'entends le bruissement des mulots qui retournent dans leurs galeries sous les buissons, je suis bien, je préfère nettement leur compagnie à celle des humains. La plupart des humains. Il y a quelques exceptions, heureusement. Mademoiselle Lola, par exemple. Elle ne me dérange jamais. Elle ne parle pas beaucoup, elle non plus, mais quand elle me dit quelque chose, c'est toujours un plaisir de l'entendre. Elle ne se fâche jamais, elle n'est jamais de mauvaise humeur. Elle me fait des compliments sur le pré qui est bien tondu, ou sur le bord de l'étang que j'ai débroussaillé, c'était plein de ronces et j'avais peur qu'elle se fasse mal un jour. Elle me demande des nouvelles de ma famille, de mon fils qui est parti volontaire en Afghanistan, de la santé de ma femme, de mon chien. Elle sait que j'aime beaucoup Lucky, c'est un chien de chasse mais je l'ai toujours avec moi dans la voiture, alors il a un peu perdu sa hargne de chasseur, il est devenu pépère mais il est très intelligent, il voit tout, il comprend tout. Moi je ne sais pas si je suis intelligent, mais je comprends tout, moi aussi. Quelquefois je suis même un peu voyant, je prédis ce qui va arriver, et ça arrive. Je me trompe rarement. Je vois où les gens vont, ce qu'ils vont faire. Je n'en tire aucun plaisir, mais c'est comme ça, je devine, j'anticipe. Les gens ne sont pas tellement originaux, ils agissent d'une manière prévisible, souvent. On peut s'attendre à leurs réactions.

Pour la première fois, je suis décontenancé. Je ne sais pas ce qui se passe. Je suis inquiet. Je ne devrais pas. Je devrais m'occuper de mes affaires et ne penser à rien, mais je n'y arrive pas, je n'en dors pas la nuit. J'espère que j'ai tort de me faire du souci, tout ça ne me regarde pas, j'espère vraiment qu'il n'y a pas de raison de s'inquiéter, parce que je suis ignorant et qu'il y a des choses que je ne peux pas comprendre. J'espère.

3

Lola se réveilla au petit matin, elle eut de la difficulté à poser le pied par terre tant elle était courbatue. « Ma fille, tu manques d'entraînement, ton corps est rouillé, il va falloir se mettre à la gymnastique. » Ils avaient fait l'amour très longuement. Elle avait déclaré forfait vers minuit et s'était endormie pesamment. Elle étendit le bras : Thomas dormait près d'elle. Étrange sensation. C'était la première fois qu'ils dormaient ensemble. Ils avaient pris un thé avec des tartines de foie gras parce que Thomas n'avait pas déjeuné, et elle non plus, tout compte fait. Il avait posé son sac dans l'entrée et n'avait pas visité la maison, il avait seulement regardé les arbres dehors, et admiré le petit bassin où pourrissaient des nénuphars. Puis il avait fait quelques accords sur le vieux piano droit et Lola avait découvert qu'il était musicien. Mais le foie gras à peine avalé avec le jambon de Bayonne, il s'était penché vers elle, et la main glissée dans le décolleté de sa robe, il empoignait ses seins d'un geste très particulier qu'elle lui connaissait, une caresse ferme et volontaire comme pourrait faire la main d'un sculpteur. Ils avaient commencé à s'embrasser, là, sur les fauteuils métalliques du jardin, Lola l'entraînait bientôt dans sa chambre qui était la plus proche et qui donnait de plain-pied sur la terrasse. Ils n'avaient pas échangé dix phrases. Elle ne savait toujours pas d'où il venait, ni s'il était heureux d'être là.

Elle se leva doucement pour ne pas le réveiller et se glissa dans le couloir, vers la salle de bains. Le miroir lui renvoya une image étrange, qu'elle ne reconnut pas. Les cheveux en désordre, un désordre différent de celui de la nuit, un désordre animé, les cheveux en bataille comme on dit. Exactement cela : une tête d'après un pugilat, où des mains sont intervenues, ont emmêlé les cheveux, ont pressé le visage, le cou, la nuque. Le sommeil n'embrouille pas les traits de cette manière, il les épaissit, les boursoufle ou les marque des plis de l'oreiller, mais il ne les transforme pas. L'amour a ce pouvoir unique, il modèle un visage, il le pétrit à son gré. Lola resta bouche bée devant le miroir. Elle était une autre femme, une inconnue. Ses pommettes et son menton vibraient, comme esquissés par les coups de pinceau des grands peintres flamands, imprécis de près et vivants de loin. Quelque chose l'enveloppait qu'elle n'a jamais vu, un air plus léger, translucide, lumineux. Elle hésitait à se passer de l'eau sur la figure de peur que tout s'efface, à la manière de l'oxygène qui mange les peintures rupestres dès l'ouverture des cavernes. Elle se regardait avec insistance, avec l'envie de rire, de s'étonner et de rire, de surprise, de gratitude et de crainte. Elle aurait voulu courir vers la chambre pour partager cet émerveillement avec lui, mais elle se retint, elle savait que ce n'était pas opportun, elle devait garder cette joie pour elle-même. Le temps de l'enfance où elle courait vers son père pour lui montrer son dessin était bien révolu. À chaque étape de la vie ses bonheurs et ses faiblesses.

Elle alla faire du café, mais ses gestes n'avaient pas le naturel des jours ordinaires. La femme qu'elle avait découverte dans le miroir lui donnait une autre vision d'elle-même, elle avait pris conscience de son corps et de son visage et s'observait en se dédoublant, comme vue par quelqu'un d'autre. Elle tentait de deviner comment *il* la voyait, quelle femme il voyait, quelle femme il désirait. La soirée et la nuit qu'ils avaient passées étaient révélatrices de sa flamme, elle était autorisée à ne plus avoir de doute. Il avait beaucoup parlé en faisant l'amour, vantant les parties de son corps de femme qui l'émouvaient, qui allumaient son désir. Son dos, ses fesses, ses cuisses et son sexe qu'il parcourait tour à tour avec ses mains, sa bouche ou sa verge. Sa douceur était ponctuée d'accents de brutalité, comme une partition symphonique, avec des ralentis, des explosions et des fortissimo, des points d'orgue, des diminuendo et des staccato. Il parcourait son corps avec aisance, l'entraînant à l'impudeur totale. Elle était guidée, instruite, chevauchée. Elle eut plusieurs vertiges et crut s'évanouir. Ce n'était que du plaisir et de l'abandon.

De l'ombre de sa mémoire surgirent des héroïnes de la littérature dont elle avait trouvé les cheminements sentimentaux excessifs, Madame de La Mole, Anna Karénine ou Madame Bovary. Soumise à la passion physique, voilà qu'elle ressentait une immense indulgence envers ces dames, pas encore de la complicité mais une curiosité amicale. Elle chercha des yeux Stendhal dans sa bibliothèque, non, rien, il faudra essayer de se procurer quelques Poches à la prochaine virée à Condom, à la Maison de la Presse du village, aucun espoir. Elle sourit de son réflexe de bibliophile, il lui fallait une référence, une source. Elle se demandait qui elle était, quelle sorte de femme ce garçon avait vue, révélée pour lui. Elle n'avait rien d'une bombe sexuelle, elle était pudique et au fond assez timide, du moins sur ces questions-là. Et pourtant cet homme clairement intéressé par le sexe, expert et connaisseur, l'avait repérée. Elle. Cette longue fille aux hanches étroites et aux seins d'adolescente. Cette trentenaire au regard caché derrière des lunettes, de vraies lunettes de vue qu'elle n'avait pas la coquetterie d'ôter quand elle rencontrait quelqu'un. Elle, bourgeoise sans histoire, sans exotisme, sans physique éclatant. Elle tenait son port de tête d'un père à moitié grec et son teint clair d'une mère danoise, mais les deux avaient vécu en France dès leur jeune âge, avec des parents francisés, comme de nombreux diplomates. Elle était une Française parmi d'autres, une femme normale, mêlée à la vie du pays par son engagement politique, et croyait au groupe, à la parenté entre tous les citoyens, entre les femmes particulièrement. Le sentiment d'être désignée par le choix érotique d'un homme la troublait.

Thomas apparut sur le seuil, complètement nu.

– Où j'ai mis ma brosse à dents ?

Une légère caresse sur la joue de Lola et il plongea dans son sac d'où des vêtements épars émergèrent en boule. Il fouilla pour sortir une poche en plastique de supermarché rempli d'affaires de toilette.

– Où est la salle de bains, je ne me souviens plus ?

– Il y en a une en bas, en face de ma chambre, et une en haut, comme tu préfères.

Il se dirigea vers le couloir de la chambre et s'engouffra dans la salle de bains sans répondre.

Lola jeta un coup d'œil au fouillis du sac. Elle lui demandera s'il veut qu'elle fasse une machine, elle a du linge à laver pour elle-même. Plus tard. Doucement. Ne pas commencer à le materner. Ni imposer un ordre quelconque. Elle n'imposera rien. Les jeunes sont bordéliques, presque tous. *Les jeunes.* Pour la première fois elle pensait à Thomas en ces termes. Il était si mûr, si accompli. Mais la différence d'âge se manifestera à un moment ou l'autre, elle n'en doutait pas. Dans ces petites choses du quotidien. Elle avait déjà observé qu'il pouvait lire, travailler et écouter de la musique en même temps, la télévision allumée. Elle en est incapable. Quand elle lit, elle a besoin de silence. Quand elle mange, elle ne peut pas écouter de la musique. La télévision la dérange le plus souvent. Quant au Smartphone, elle utilise le minimum de ses fonctions, et le tient souvent éteint. Elle est encore à l'école de la recherche en profondeur, avec ou sans Internet.

Un bruit de tracteur attira son oreille. « Tiens, Félicien est là ? Un 14 Juillet ? » Elle croisa son peignoir, noua la ceinture et sortit dans le jardin.

– Bonjour Félicien. Vous venez tondre ? Il n'y a pas la fête au village ?

Le jardinier descendit de son tracteur en laissant le moteur en marche, et s'approcha. Ils s'embrassèrent sur les deux joues, très amicalement.

– Je veux m'avancer un peu, ce week-end je vais à la pêche là-haut, dans mon chalet.

– Pas de problème. Vous vous organisez comme vous voulez, mon cher Félicien, c'est vous le patron, dit-elle en riant.

Thomas sortit de la salle de bains, il avait enfilé le peignoir neuf qu'elle avait judicieusement accroché à la patère de la porte.

– Je vous présente Thomas. Thomas, Félicien, Félicien, Thomas. C'est le magicien qui soigne mon jardin et mon potager. Sans lui cette maison n'aurait aucune allure !

Les deux hommes se serrèrent la main.

– Alors je vous dérange, dit Félicien, je peux tondre un autre jour, ça peut attendre.

– Pas du tout, répondit Lola en se tournant vers Thomas. Vous en avez pour combien, une heure, deux heures ?

– Dans une petite heure c'est fini.

– Pour moi aucun problème, dit Thomas en regardant Lola.

– Vous voulez un café, Félicien ? Je viens de le faire.

– Non, merci Lola, j'en ai déjà pris ce matin. Allez. Bonne journée. Il y a des tomates qui sont mûres, vous voulez que je vous les ramasse ?

– Merci, on ira plus tard. Je ferai visiter votre potager à Thomas. Les poivrons et les aubergines ?

– Non, c'est encore trop tôt. Pourtant, avec le soleil du mois dernier…

– On attendra. Je suis curieuse. (À Thomas :) C'est la première fois qu'on plante des aubergines blanches. Elles sont très jolies, mais je ne sais pas quel goût elles ont, ce sera la surprise !

Félicien s'éloigna en enfonçant sur son crâne son vieux bob de chasse tout déchiré. Il grimpa agilement sur son tracteur. Lola a une réelle sympathie pour cet homme si différent de tous ceux qu'elle fréquente. Un spécimen au charme rural, avec l'usure du grand air gravée sur un visage pourtant jeune, la petite cinquantaine à tout casser. Il est son ange gardien, l'homme à tout faire qu'elle appelle dès que quelque chose se casse dans la maison, il est habile et modeste.

Elle expliqua tout cela à Thomas qui prenait son café dans un mug de la cuisine, sans voir la table mise dehors, sous le tilleul. Elle avait sorti le service anglais que lui avait offert sa mère le jour où elle avait annoncé ses fiançailles avec son second compagnon, mais le mariage n'avait pas eu lieu. Un modèle Mason's qui n'existe plus, hélas, l'usine a été reprise par un grand groupe qui fabrique de la vaisselle de série. Elle n'avait pas pu réassortir les tasses cassées. Thomas goûta la confiture de griottes qu'elle avait cueillies et cuites elle-même. Il a faim, les toasts se succèdent. Lola sourit. Il faut qu'il reprenne des forces s'ils gardent ce rythme sexuel-là. Elle-même a eu besoin de sucre ce matin, elle qui n'en mange pas d'habitude.

– Il débarque quand il veut, ton jardinier ? demanda Thomas, la bouche pleine.

– Oui. Quand il peut. Quand il a le temps. Il s'occupe de plusieurs propriétés.

Elle n'y avait jamais pensé. Félicien venait sans prévenir, en effet. Depuis le début. Cela ne l'avait jamais dérangée. Jusqu'à ce jour. La présence de Thomas modifiait les choses. Il fallait peut-être mettre le holà. Mais comment faire ? Susceptible comme un bon Gascon, il pouvait très mal le prendre si elle lui disait : « Je veux bien que vous m'appeliez avant de venir », ou « Quand pensez-vous venir la prochaine fois ? » ou encore : « À quelle heure vous verrai-je ? »... Tout sonnait faux et pouvait compromettre la belle entente qui les unissait. Il arrivait que Félicien passe quand elle dormait encore, elle trouvait des haricots et des courgettes fraîchement ramassés sur la table de la cuisine. Félicien était matinal, les jours de grande chaleur il faut arroser tôt.

– Il ne viendra pas pendant quelques jours, il va à la pêche dans les Pyrénées pour le pont du 14 Juillet. Il y a un feu d'artifice ce soir au village, pas un truc somptueux mais enfin, ils font l'effort. D'ici on ne le voit pas, tu veux qu'on y aille ?

– Tu sais, moi, les feux d'artifice...

– Tu as raison. Moi non plus je n'en raffole pas. C'était pour l'ambiance, les gens du bled...

– Vas-y, toi.

Fin de non-recevoir. Lola n'insista pas. Quelle mouche l'avait piquée de lui proposer ça ? Il n'avait peut-être pas envie d'être vu avec elle. Pas même dans un petit village du Gers. Leur histoire était décidément privée. Personnelle. Pas de problème. Telle une souris de laboratoire dans un labyrinthe, elle avançait à petits pas, se cognant contre les sens interdits. Les impasses. Les voies interdites. Le mode d'emploi n'est pas livré avec les individus, on tâtonne au début.

« On tâtonne jusqu'à la fin », se dit-elle. L'aventure d'une relation est sans fin. Tant qu'on souhaite la prolonger, elle contient sa propre dynamique, mais quand la curiosité cesse, tous les efforts semblent vains. L'ennui s'installe. Elle avait vécu cette lassitude avec Julien. Décrypter ses comportements mystérieux ne l'intéressait plus. Elle avait eu quelques surprises après leur séparation, quelques révélations d'amis soi-disant charitables qui avaient dévoilé des aspects inconnus de la personnalité de Julien. Après quoi, sortie de la blessure narcissique, elle n'avait pas regretté de s'être éloignée.

Ici le parcours était plus scabreux, et Thomas un spécimen hors du commun, bien difficile à déchiffrer. Elle se répétait que sa vie n'en serait pas altérée, mais ce garçon occupait toutes ses pensées, indéniablement.

– Que veux-tu faire ? Je ne te propose pas de visiter les bastides d'Albret, je pense que tu t'en fous. On peut se baigner dans l'étang, en bas. On peut se promener, faire le tour de l'étang, il y a un chemin de halage. On peut ramasser des tomates dans le potager. Ou rester ici tranquillement, tu peux travailler là-haut, ou dans le jardin, où tu veux. Il y a une prise sur la terrasse, si tu veux brancher ton ordi. On va déjeuner tard, je pense, vu l'heure de notre petit déjeuner.

– Merci, je vais sortir mes affaires. Et lire un peu. Je suis crevé. J'ai eu une semaine dingue, j'ai dû remettre deux manuscrits, et finir mes articles pour la revue. Je veux décompresser un peu, merci.

– Idéal. Tu ne pouvais pas trouver de cadre plus

adapté. Le soleil et la paix. À part la tondeuse. Mais il a presque fini, dit-elle en riant.

Félicien s'en allait, en effet, il salua de la main, on entendit sa voiture démarrer, puis disparaître au bout de la route, et le silence de la campagne revint, admirable. Un silence intense, percé de cris d'oiseaux. Pas un souffle d'air. Pas une machine agricole au loin. Un silence rare. Thomas s'en émerveilla :

– Je suis un vrai citadin, ce silence me fait presque peur, dit-il.

– Veux-tu de la musique ? répondit-elle en espérant qu'il décline.

– Non, ça va, je ne suis pas infirme à ce point ! Mais je jouerai du piano tout à l'heure.

Lola se mit à débarrasser la table de la terrasse, et Thomas porta à la cuisine le plateau des confitures, du beurre et des sucres (blanc, roux et cassonade en poudre, comme dans les hôtels trois étoiles). Il n'eut aucun geste familier envers Lola, ni caresse ni baiser. Il était à l'aise, détendu, implanté comme s'il avait toujours connu cette maison. Lola s'en réjouissait, « Voici un homme sans complexe, sans barrière, il transporte son être d'un lieu à un autre sans subir de fluctuations, c'est un homme armé pour les voyages et les déplacements », pensa-t-elle. À l'heure des migrations et des transferts, c'est une sacrée qualité. Elle, en revanche, devenait casanière depuis l'achat de cette maison, et dans son travail aussi, elle aimait retrouver les mêmes gens et les mêmes lieux.

– Je te laisse visiter la maison, elle n'est pas immense, mais on peut s'isoler. Choisis les endroits qui te conviennent.

– Merci, tout est joli ici. Cette maison te ressemble.

Ce furent les seuls compliments qu'elle reçut durant tout son séjour. Il s'en fichait, en vérité, comme de la qualité de la nourriture ou de l'ombre des grands arbres devant la maison. Du détail, tout cela n'est que détail, voilà ce que son attitude semblait signifier. Lola ne s'en inquiéta guère. Ses goûts étaient la somme de décennies d'expérience, de perfectionnements, d'influences, de sélections. Elle pouvait expliquer la présence de chaque chose, chaque habitude. Peu lui importait qu'il ne s'y intéresse pas, elle ne renoncerait à rien, elle n'était d'ailleurs pas une capricieuse bardée de besoins superflus. Ce qu'elle aimait était simple et essentiel.

La journée se passa sans encombre. Ils déjeunèrent sous le tilleul, la parmigiana qu'elle avait préparée la veille était délicieuse, basse comme elle avait appris à la faire à Ravenne, lors d'un voyage de recherche sur l'influence mongole en Europe. Peu d'aubergines, beaucoup de fromage, tomates et basilic frais. Thomas appréciait à la mesure de sa perception, profane et expéditive. Lola remarqua qu'elle-même se régalait plus qu'à l'accoutumée, comme si le partage accentuait les saveurs, autorisait à se laisser envahir par la délectation. Elle avait déjà noté cela à d'autres moments de sa vie amoureuse, avec d'autres hommes. Elle était heureuse de servir à son hôte ce qu'elle considérait comme le meilleur. Elle n'était pas très carnivore et comblait sa gourmandise de multiples combinaisons de légumes, de céréales et de différents riz, avec les volailles goûteuses d'une ferme voisine. Thomas semblait s'en contenter, elle le sentait en observation, attentif mais sans avis prononcé encore. Comme s'il découvrait. Comme s'il explorait. Pas d'emballement prématuré. En amour il avait la même attitude. L'exclusivité de l'accouplement était sa bête noire, tout ce qui pouvait la signaler était à bannir, à surveiller, à éliminer. Donc pas de grands mots, pas de déclarations, pas d'affects. Pas de sentimentalisme. Le répertoire de l'amitié, de l'estime et des affinités culturelles est plus serein, plus solide. Cette volonté, cet objectif se dégageaient en priorité du comportement de ce garçon intense et réfléchi. Au point de l'assombrir. Pas beaucoup d'humour, déplora soudain Lola en elle-même, quelque blessure ancienne en était peut-être la cause. Cherchez la faille, le jeu de l'amour va fouiller de ce côté-là, du côté de la douleur, de la fragilité. On n'aime pas l'autre parce qu'il est fort, on l'aime pour lui rendre des forces.

La situation ici était nouvelle : il ne s'agissait pas d'amour. Les réflexes habituels n'étaient pas de mise.

On tissait autre chose, ou on ne tissait rien du tout, on passait quelques journées au plus près de l'autre, le langage naturel était le sexe. Lola se prit à penser à l'évolution de la sexualité depuis que les femmes la pratiquent avec les mêmes critères que les hommes, la liberté, la recherche du plaisir, la connaissance de soi. Mais ce qui l'intéressait aujourd'hui, c'était *ce* garçon, *cette* expérience. Elle donnerait toutes ses chances à cette liaison, pas question d'avoir le moindre regret plus tard. À son âge, à la tête de sa réussite professionnelle, certes fragile comme toutes les carrières par ces temps menaçants, elle mesurait sa chance. Il serait lamentable de vivre à moitié ce que le hasard lui présentait, de rester sur la défensive, de se refermer sur son petit édifice de confort et de prudence. Elle regarda Thomas : il s'endormait sur la chaise longue. Elle débarrassa la table sans bruit et alla s'allonger dans le salon en compagnie d'un Carson McCullers qu'elle avait déjà lu deux fois.

Quand elle se réveilla, elle s'aperçut qu'elle avait dormi presque deux heures et que Thomas avait disparu de la terrasse. Elle enfila ses espadrilles et alla le chercher dans le jardin. Il n'était pas à l'étang, pas au potager, pas à la roseraie, mais elle vit soudain sa silhouette sur la route, en haut, au-dessus de la maison. Il ne marchait pas et parlait au téléphone. Lola rebroussa chemin discrètement. Il avait bien le droit de parler avec qui il voulait, quand il voulait. Elle s'étonna vaguement qu'il ait besoin de s'isoler à ce point, mais l'envie d'un thé vert chassa le point d'interrogation. Une légère brûlure au niveau de l'entrejambe lui rappela qu'elle avait oublié de mettre de la crème et elle ne put refréner un sourire en se souvenant des ébats de la nuit dernière. Le bel animal pouvait toujours téléphoner à qui il voulait, c'était elle qu'il avait honorée et qu'il honorerait encore cette nuit. Peut-être.

Elle décida d'aller se baigner, attacha ses cheveux, attrapa une serviette et dévala la colline jusqu'à l'étang. C'était la limite de son terrain, mais il n'y avait personne en face, pas de maison, seulement des fourrés où se cache une famille de chevreuils en automne. Elle a l'habitude de se baigner nue, de la berge où elle se lance personne ne peut la voir. La baignade dans un étang est un plaisir particulier que sa mère lui avait inculqué quand elle était petite, dans une maison de Toscane où elles passaient les vacances chez un ami. Un ami qui était devenu son beau-père quand ses parents s'étaient séparés, et dont elle avait remarqué la familiarité avec sa mère. « Il t'aime beaucoup, Federico », avait-elle dit avec sa candeur de petite fille, faisant rire toute la tablée. Ces étés dans le Chianti Classico avaient déterminé son rapport à la nature et aux animaux. Elle n'avait peur d'aucune guêpe, d'aucun reptile ni batracien. Elle les avait fréquentés, observés, torturés. Les chats et les chiens étaient ses compagnons de jeux dans cette grande baraque isolée, où elle était la seule enfant. Sa sœur aînée Margot était envoyée dans la famille paternelle.

Elle plongea sans difficulté, l'eau était fraîche et ondulante, on sentait de légers courants en profondeur. « Délicieux », pensa-t-elle, et les caresses de Thomas la nuit dernière lui remontèrent à l'esprit. Sa peau les avait enregistrées, mémorisées, elles étaient ressemblantes au flux de l'eau sur son corps. Organe pauvre, la peau, se dit-elle, variations faibles, le registre des sensations n'est pas très étendu. Sans l'intellect, on peut se procurer des douceurs tactiles interchangeables : la chaleur du soleil, l'eau de la douche, le savon glissant, le frottement du museau d'un chat. Chaud-froid, fort-doux, local-total. Similitudes du ressenti. Mais la sexualité coiffe tout. Il n'existe pas de jouissance plus aiguë, parce que l'extase est au bout, et parce qu'on est deux, la montée du plaisir de l'un décuple celle de l'autre. Lola s'étonna de raisonner en termes si pragmatiques, hors sentiment, hors sens, hors prolongement de l'amour. Le souvenir de ses orgasmes nocturnes (elle en avait eu plusieurs) la fit frissonner, son front s'échauffa à la racine des cheveux.

Le plaisir. Était-elle en train de le découvrir ? L'égoïsme du plaisir, l'attention à soi-même, à la moindre modulation de ses propres sens. Pas très honorable, tout ça. Ou au contraire, comme son partenaire voulait l'en persuader, point de départ de toute observation, de tout entendement. Comment connaître les humains si on n'a pas joui avec eux ? Comment aimer, pardonner, plaindre, aider si on n'a pas mesuré les limites de son propre corps ? Celui qui joue du violon cherche à améliorer son trait pour mieux entendre d'abord, puis être mieux entendu. Thomas avait dit quelque chose comme ça, en ajoutant : « Tu es en friche, je vais te faire éclore, ma chrysalide. »

Pas naïve à ce point, Lola sait qu'un homme veut toujours être le premier, celui qui révèle et qui enchante. Les femmes sont disposées à jouer le jeu, à l'affût de leurs émotions changeantes. Tout ce qui entoure une rencontre, les temps, les lieux, les témoins contribuent à l'histoire qui se raconte. Rien de tout cela n'habillait sa relation avec Thomas. Pas de connaissances communes, pas d'endroit de prédilection, pas de calendrier, même à court terme. Le sexe nu, deux corps aptes à s'emboîter, à se parfaire. La mission valait par son caractère expérimental dénué de tout pathos. À moins que…

L'esprit de Lola voguait dans une exquise incertitude, tandis qu'elle nageait sous les branchages et les bambous géants. Le soleil commençait à descendre, c'était l'heure la plus chaude, quelques oiseaux venaient encore boire à petits coups de bec. Le faible courant entraînait la nageuse vers l'autre rive, elle revint en dos crawlé, les yeux fermés, en savourant les ultraviolets du soleil sur sa poitrine à fleur d'eau. Quand elle arriva à sa petite plage, elle vit Thomas assis sur un tronc d'arbre. Il la regardait. Elle sortit de l'eau, ruisselante, les cheveux collés sur le visage. Elle se pencha vers sa serviette, mais il s'en empara avant elle, la prit dans ses bras et l'enveloppa voluptueusement. Il glissa sa main entre les jambes de la naïade et enfonça ses doigts dans son sexe mouillé. Elle poussa un cri de surprise et de douleur, tout en riant. Ils roulèrent au sol, elle ne sentit rien des racines qui imprimaient leurs boucles bosselées dans son dos, ni le chant réprobateur des merles dérangés dans leurs propres duos d'amour. Elle accueillait son fougueux compagnon qui la lutinait voracement, tel un marcassin glouton.

Le programme des journées serait impossible à prévoir. Leur activité sexuelle se déployait à tout moment, sans qu'elle en décide. La nuit n'était pas la plus fertile. Le désir de Thomas s'éveillait à des moments peu orthodoxes : pendant un repas, dans la salle de bains, pendant une conversation politique, en écoutant de la musique. Lola avait changé de tête. À l'émerveillement s'était ajoutée une douce fatigue, un alourdissement de ses gestes, de sa démarche. Elle voyait avec attendrissement son visage rosi et ses yeux bordés de cernes bleutés, un sourire de femme enceinte flottant autour de sa bouche. Plus le temps de se coiffer, de se maquiller. Elle entrait dans une spirale de vérité, à travers le sexe. Thomas avait commencé à en parler :

– Chacun de nous a besoin d'extrême, de l'extase que procure l'extrême. Les uns le trouvent dans le sport, les autres en faisant du trekking en Alaska, ou dans l'abstraction de la recherche scientifique, d'autres encore dans le jeûne, l'alcool ou les drogues. Nous avons ce merveilleux champ d'exploration qu'est le sexe, il suffit largement à mon désir d'absolu, d'ivresse. Le corps est infini, il faut l'écouter, le croire. Nos sens conduisent à la métaphysique, pas besoin d'accélérateur de particules ni de station spatiale ! Je ne pratique aucun sport, tu l'as vu. J'utilise tous les muscles, de la tête aux pieds, à te faire l'amour, madame.

Il théorisait donc. Pas une simple propension à l'amour physique, mais une foi, une direction. Le corps comme accès aux régions mystérieuses du monde, vers l'intuition des forces qui nous régissent, comme l'astrophysicien arme vers le ciel des télescopes de plus en plus puissants. Noble dessein, aussi ambitieux que périlleux. Il faut de la liberté mentale pour entreprendre de tels projets. De la liberté tout court, sociale, familiale, temporelle. Le célibat de Lola fournissait cette disponibilité. « Toute condition offre ses avantages et ses inconvénients », pensa-t-elle. En d'autres temps je n'aurais jamais pu vivre cette incroyable fête de mon Éros assoupi. J'aurais fui devant un tel accaparement. Je me serais voilé la face, j'aurais ironisé, critiqué, condamné, ou ignoré.

Lola était éblouie par les vertus de sa jouissance. Quelle femme ne serait pas reconnaissante d'être ainsi contemplée, désirée ? Pas une ombre d'exploitation, tout en elle était consentant, pleinement consentant. Quelques courbatures lui rappelèrent son peu de souplesse, mais tout le reste exultait, son corps, sa tête, et malheureusement son cœur. Le cœur est un félin qui prend ses droits sans bruit. *Un chasseur solitaire.*

4

En reprenant mes cannes à pêche, près de l'ancien barrage, j'ai vu Lola nager dans l'étang. Elle est vaillante, l'eau à dix-huit degrés ne la décourage pas. Après les pluies de la semaine dernière, ça s'est bien rafraîchi. Très bon pour les truites, moins pour la baignade. Quand elle est dans l'eau, j'aime bien garder un œil sur elle, elle est bonne nageuse mais on ne sait jamais. Il y a eu tant d'accidents par ici. Je ne le lui raconte pas, pour ne pas lui gâcher sa distraction, elle aime l'eau, me dit-elle, elle a acheté cette maison pour l'étang en contrebas. Elle ne sait pas que Lucas s'est noyé dans cet étang, on l'a retrouvé dans son bateau deux jours plus tard au fond de l'eau. C'est vrai qu'il ne savait pas nager, mais on ne l'a pas entendu appeler, la première habitation est loin, derrière le bosquet de frênes. Lucas vivait dans la petite maison, celle qui est le local jardinage de Lola maintenant. Il travaillait pour les Bouzigues, les anciens propriétaires. Après cet accident, ces derniers étaient devenus grincheux et dépressifs, et quand leurs deux fils sont partis, l'un à Toulouse, l'autre à La Réunion, ils ont mis en vente et sont retournés à Brive, dont ils étaient originaires. Lola a réveillé cette maison abandonnée depuis deux ans, elle a coupé les arbres qui l'enfermaient dans l'ombre, elle n'a gardé que le grand tilleul et les chênes plus bas. Au début, personne ne voulait venir travailler là, on disait au village que le coin portait malheur. Encore maintenant on me dit : « Tu vas dans ton trou maudit ? », moi je m'en fiche, je ne crois ni aux superstitions ni aux maléfices.

Mais quand elle nage, je surveille.

Je ne lui en parle pas, ça l'agacerait. Je sais à quelle heure elle se baigne, en fin d'après-midi d'ordinaire. Alors je passe par là, de l'autre côté de l'étang, chez Victor. C'est là que je pose mes lignes quelquefois, près de la fosse la plus profonde, à l'embouchure du ruisseau qui alimente l'étang, une poche d'eau retenue par un gué de pierres et de troncs. Je connais chaque caillou, chaque touffe de fougère, chaque plaque de douve des marais aux minuscules feuilles vertes. Je connais les emplacements où les truites viennent se nicher, à contre-courant. Il m'est arrivé d'en attraper avec les mains, c'est un coup à prendre, si on les empêche de refermer les mâchoires en enfonçant le poing dans leur gueule, on les sort facilement. Ce n'est pas trop permis mais ce n'est pas du braconnage, il y a surpopulation de poissons d'eau douce avec la baisse du débit, depuis la grande sécheresse de l'année dernière. De toute façon, tout le monde me connaît, on sait que j'aime la nature et les animaux, je ne fais aucun mal.

D'ici je vois la courbe de l'étang, et Lola qui nage, le soleil dans le nez. Elle ne peut pas me voir à contre-jour. Elle est gracieuse et ses cheveux se marient à la couleur des joncs, en cette saison ils sont encore dorés, plus tard ils prennent une teinte filasse, comme la paille des prés.

Cette fois-ci, j'ai assisté à une scène à laquelle je n'aurais pas dû assister. Son nouvel invité est descendu l'attendre sur la berge, il ne s'est pas baigné. Il ne doit pas être très courageux, ce type-là, pas sportif pour deux ronds, ça se voit tout de suite. Il marche comme un acteur de cinéma, d'un pas ondulant et mou. La tête un peu penchée sur le côté, comme s'il n'avait pas de muscles pour la tenir droite. Un homme qui n'a jamais pris un marteau dans la main. Quand elle est sortie toute nue de l'eau, il l'a entourée de ses bras et il l'a baisée sur place, sans attendre. Ils ont roulé par terre et elle criait si fort que j'ai cru qu'il lui faisait mal. Je me suis approché un peu, en longeant la rive, je ne les perdais pas des yeux. Je ne peux pas expliquer pourquoi. Ce n'est pas mon genre d'épier les galipettes des gens, je ne suis pas voyeur et pas sadique, mais j'étais fasciné, je ne pouvais pas me détourner. C'était la première fois que je voyais Mademoiselle Lola dans cette position. Avec son ancien fiancé ils étaient très discrets, très rangés. Un homme charmant, un homme éduqué, bien élevé, courtois, toujours bonjour Félicien, au revoir Félicien, comment ça va chez vous, votre femme, votre fils et tout ça. Je n'avais jamais surpris de geste familier, un garçon très calme, un peu trop calme même. Celui-là, ce Thomas qui ne se gêne pas avec Lola, a des manières qui ne me plaisent guère. Il a le regard d'un loubard, un œil qui voit vite, qui te scrute. Je ne voudrais pas qu'elle se laisse embobiner, ma Lola, ce genre d'homme n'a peur de rien. Enfin, je ne le connais pas, je ne sais rien, elle est amoureuse, c'est sûr, et tant mieux. Depuis sa séparation avec Julien je la voyais tourner vieille fille, debout tous les jours à la même heure, couchée à la même heure, les volets tirés et la musique en sourdine. Ce garçon la bouscule, c'est peut-être bien. Mais je ne suis pas tranquille. Je ne me l'explique pas. J'ai de l'affection pour cette femme discrète et curieuse, elle a beaucoup appris sur les choses de la terre depuis qu'elle est ici, elle dit moins d'énormités botaniques, elle pose les bonnes questions. C'est un plaisir de lui répondre, de l'instruire, de la conseiller. Elle est un peu comme ma fille, la fille que j'aurais eue avec Virginie, notre institutrice qui a quitté le village pour partir à Marseille, qui m'a quitté pour un homme de la ville, et qui m'a brisé le cœur. Je suis un ignorant, je ne pouvais pas lui donner la vie qu'elle voulait, je ne lui en ai pas voulu mais j'ai pleuré. Ma femme le sait. On n'en a jamais parlé mais elle sait. Elle a compris que j'ai de l'affection pour Mademoiselle Lola, que je suis heureux de la voir, de parler avec elle parce qu'elle me rappelle cette époque-là, quand Virginie m'a quitté, elle me disait qu'elle m'aimait, mais elle m'a quitté, elle m'a laissé seul avec la ferme, le bétail, les chiens, j'ai voulu tout envoyer en l'air mais j'ai tenu, je ne sais pas comment. Après il a fallu vendre quand même, parce que mes frères avaient besoin d'argent et que notre père n'avait pas divisé les terres, il n'avait pas fait de testament, c'était comme ça avant dans les campagnes, et je suis devenu un salarié, comme tant d'autres. Je retrouve le bonheur de ma première vocation dans les jardins des Parisiens et des étrangers qui viennent dans notre Sud-Ouest trouver la paix et la beauté de la nature. Je plante ce qui me plaît, je ne demande l'avis de personne, je regarde pousser les arbres et les fleurs, je suis en direct avec les pommiers et les citronniers, ils me connaissent et m'attendent. On se complète. Je fais du bien aux plantes et elles me font du bien. Depuis quelques années, j'ai accepté de faire un petit potager à Lola, au début j'avais dit non, trop de travail, je veux bien m'occuper du jardin et du bois, mais pas les légumes, je sais ce que ça signifie, on n'est jamais sûr de réussir, on peut être déçu, et quand ça marche, il faut manger de la salade tous les jours, et des courgettes tous les jours, et des poireaux avant qu'ils montent, des haricots jusqu'à ne plus pouvoir les voir, à moins de faire des conserves, des heures de boulot et des bocaux en pagaille, je ne vois pas Lola se donner tout ce mal. Mais j'ai cédé à son envie de tomates, des vraies tomates cueillies mûres, à l'odeur de tomate, rouges et sucrées. Et de fil en aiguille j'ai fini par planter un peu de tout, des artichauts, des carottes et des patates, et finalement je suis content, j'en apporte à ma femme, et j'en offre aux copains, quand on ne sait plus quoi en faire.

Je me suis sauvé dès qu'ils sont remontés à la maison, un peu abasourdi. Depuis je suis tourmenté, je n'arrive pas à dormir, des images surgissent dans ma tête, je ne peux pas les empêcher. Ma femme m'a demandé pourquoi je ne dormais pas, mais je n'ai rien raconté, j'ai dit que le vin de la coopérative devait être plus fort que d'habitude, ou qu'ils mettaient trop de soufre, il faudrait en changer. Elle a dit : « Tu n'as pas bu ce soir, qu'est-ce que tu dis ? », puis elle s'est retournée et s'est endormie. Je suis resté avec mes images de Lola couchée sur le dos, les jambes serrées autour de la taille de son ami, et l'écho de ses cris, si puissants par moments que j'ai cru qu'elle appelait au secours. Je suis idiot, je me demande pourquoi je me fais du souci, ça ne me regarde pas, elle fait ce qu'elle veut, c'est une grande fille, je me fais du souci pour rien. Demain j'irai lui apporter le pain et lui donner mon nouveau numéro de portable, je serai plus tranquille.

5

Ils dînaient tranquillement quand la première foudre tomba sur la tête de Lola. Elle avait évoqué le jour de leur rencontre à ce symposium, et la façon dont il l'avait suivie jusqu'à la porte de sa chambre. Il avait eu le même geste qu'à l'étang tout à l'heure, la main directement entre ses jambes. Mais elle n'avait pas cédé à l'invite, justement parce que ce geste ressemblait à un ordre. Et qu'elle voulait réfléchir. Ou étirer le temps de l'attente, les heures grisantes qui précèdent l'inéluctable.

Thomas la coupa :

– Quand je suis descendu dans le hall, ta copine était là.

– Quelle copine ?

– La blonde de l'hôtel.

Lola avait en effet sympathisé avec la directrice de l'hôtel, une trentenaire habillée avec des vêtements dernier cri qui ne lui allaient pas du tout, une femme exubérante qui s'exclamait à répétition : « Ils sont forts ! C'est passionnant ! Brillants, vos conférenciers, vraiment brillants ! » Elle avait accompagné Lola au congrès et suivait les interventions avec enthousiasme.

– Ah oui ! Lucienne. Gentille fille. Elle t'a appelé un taxi ?

– Mieux. Elle m'a raccompagné et je l'ai baisée.

Lola n'est pas sûre d'avoir compris. Elle rit. Thomas reste imperturbable. Le rire de Lola s'étrangle dans sa gorge.

– Tu l'as baisée… baisée ?

– Oui. Elle est restée avec moi. Dans ma chambre. Après, je ne l'ai plus revue.

Lola refusait de montrer son désarroi. Thomas avait dit cela avec naturel, en reprenant de la compote de pêche. Déjà prêt à parler d'autre chose. Au bout de quelques minutes de silence, Lola répéta :

– Tu l'as baisée pourquoi ?

– On en avait envie tous les deux. Mais c'est sans importance. Il m'est arrivé de baiser une fille que je vois dans le métro, dans la rue. C'est simple et facile. Je ne les drague pas. On se regarde et ça suffit. Quelquefois je ne sais pas leur nom. La semaine dernière j'ai fait l'amour avec une Norvégienne, elle ne parlait pas un mot de français. Elle lisait sur un banc au Luxembourg. C'est ce que je préfère, quand on ne sait rien de l'autre.

Lola se leva pour emporter un plat à la cuisine, mais surtout pour respirer. L'air entrait difficilement dans ses poumons comprimés. Elle lança de loin, se voulant désinvolte :

– Tu n'as pas peur ?

– Ne t'inquiète pas. Je suis toujours équipé. Je ne suis pas fou.

Lola fit couler l'eau dans l'évier et s'assourdit avec le bruit des assiettes et des couverts entrechoqués.

– Ça t'arrive souvent ? finit-elle par dire en revenant vers lui.

– Ça m'arrive. Les femmes m'intéressent. Qu'est-ce que tu as mis dans la compote, une herbe, du miel ?

– Du citron, Thomas, des zestes et un jus de citron.

Elle avala une rasade de vin blanc dont elle ne reconnut pas le goût, et chaussa à nouveau ses lunettes de vue comme on met un masque, à Venise, pendant le Carnaval. Là-derrière, elle se sentit moins vulnérable, elle pouvait cacher les larmes qui embuaient ses yeux.

Le soir même, il avait fait l'amour avec une autre.

Après ces déclarations, Thomas en fit de nouvelles, il racontait calmement ses rencontres dans les divers pays où il était allé, les différences et les similitudes entre les morphologies, les largeurs de bassin, la couleur des parties intimes, les odeurs de peau, de chevelures. Elle écoutait sans ciller. Il précisait qu'il était heureux d'en parler avec elle, qu'il avait toujours rêvé de pouvoir le faire aussi librement avec une femme adulte, attentive et critique en même temps, bref qu'il adorait cet échange entre eux. Il appréciait sa neutralité et leur bonne intelligence. Lola blêmissait mais ne se rebellait pas, jugeant que les nouveaux éléments, aussi impitoyables fussent-ils, annonçaient le sens et le prix de leur relation hors du commun. Il attendait d'elle l'excellence absolue, la tolérance, la force et la vivacité. Elle devait y répondre. Elle regroupait ses forces dans ce but, déterminée comme un samouraï. Stoïque et légère. Elle ne le décevrait pas.

Il avait ouvert la boîte de Pandore, désormais elle voulait tout savoir. Elle n'hésitait pas à l'interroger en se faisant désinvolte et libérée de toute pudibonderie.

– Tu préfères les Noires ou les Jaunes ?

– Je n'aime que les femmes exceptionnelles, répondait-il habilement. Peu importe la couleur de la peau.

Il était sincère. Il ne voulait pas la choquer. Il voulait la grandir.

Les jours passaient et le rythme de leurs ébats ne faiblissait pas.

– Nous n'allons pas nous transformer en petit couple planqué. Je voudrais que tu appelles quelqu'un, je ne sais pas, tu n'as pas une copine ici, un copain ? Ça ne t'exciterait pas de faire l'amour avec deux hommes en même temps ? Moi si. Je veux que tu fasses bander deux hommes avec tes fesses de femelle en chaleur. Allez, dis-le que tu le veux, que tu n'attends que ça...

Lola ne répondait pas, entre surprise et perplexité. Elle avait du mal à réunir ses pensées, à savoir où elle en était, et ce qu'elle devait faire. Cette nouvelle facette de la personnalité de Thomas la clouait dans un silence inquiet, aux aguets.

Son corps envoûté ne tenait pas le même langage : il se déliait de jour en jour, réclamait sa jouissance et ne s'étonnait de rien. Une nouvelle vie avait commencé pour elle, avec des pics de joie et d'inconfort alternés. L'extase a un coût, l'addition lui avait été présentée, voilà. Elle s'acquittait de la dette. Si la dépense dépassait ses moyens, elle saurait se prémunir, elle saurait éviter la banqueroute psychologique. Tout son être était tendu vers cette gageure. Elle ne pensait plus à rien d'autre. Elle vivait une passion fulgurante, au bout des limites de son corps, vers une zone brûlante qu'elle n'avait jamais approchée. Que connaissait-elle de l'amour ? Qu'avait-elle vécu jusqu'ici ? De l'eau tiède, des arrangements pleutres et sans danger. Des amours à l'eau de rose, des situations douillettes qu'elle dominait sans peine. Dans le raz de marée actuel, elle donnait pleinement raison à Thomas. Elle était la retardataire, l'apprentie, la débutante. Ce qu'elle traversait s'apparentait au bouillonnement de la vie, au contraste des cycles de vie, l'éclat de la naissance et la puanteur de la défécation, la tendre puberté et les saignements menstruels, la chaleur de l'affection et la violence de l'amour. Les actes de la chair sont admirables et répugnants en même temps. Des horizons s'ouvrent successivement, entre Éden et Apocalypse. On a soulevé un voile pour qu'elle en ait un aperçu. Pour qu'elle sorte de sa cécité.

S'en montrer digne n'était pas aisé. Devait-elle renoncer à toute résistance, devait-elle obéir sans broncher aux demandes de son amant, ou bien devait-elle vivre les affres du doute, résister, souffrir, hésiter ? Ses inquiétudes faisaient-elles partie du jeu, du chemin qu'elle devait parcourir ? Elle se demanda à qui elle pourrait en parler, à qui elle oserait demander conseil. L'idée était absurde. À qui pouvait-on raconter une histoire pareille ? Sa solitude face à ce charivari était inhérente à la situation elle-même. Elle vivait une histoire qui n'avait d'intérêt que pour elle, une histoire sur mesure en quelque sorte, qui découlait de ce qu'elle avait rejeté de son passé. Une phase de croissance. Une correction de trajectoire. Elle était une femme en voie de développement, alors qu'elle se croyait construite, bouclée, au meilleur de sa puissance, comme les moteurs rodés. Elle se trompait. Elle n'était pas celle qu'elle croyait, elle était une dormeuse recouverte d'un linceul. Sous la froideur de son sommeil frémissait un désir de vivre, de renaître, à n'importe quel prix. Thomas n'était peut-être que celui qui la réveillait, mais il était clair qu'elle ne serait plus la même après lui.

On annonçait des orages qui ne venaient pas. La chaleur n'était pas habituelle, et Lola mit sur le compte de cette touffeur les impatiences de son compagnon, dont elle guettait les réactions comme on surveille les premiers grognements d'un nouveau-né. Comment les interpréter ? Il se baigna une fois, il nageait correctement mais ne s'éloignait pas, il gardait la tête hors de l'eau et avançait à la hâte, comme les chiens quand ils doivent traverser un cours d'eau. L'eau n'était pas son élément. Lola batifolait autour de lui en le narguant avec son aisance de bonne nageuse. Dans un domaine au moins elle avait le dessus. Mais il n'en riait pas, il peinait à trouver une réelle satisfaction dans l'eau, en sortait vite pour remettre ses lunettes de soleil, qui lui manquaient à cause des reflets, disait-il. Lola continuait à barboter tandis qu'il remontait à la maison en grelottant.

Le soleil avait disparu derrière de gros nuages sombres. La fraîcheur du soir n'arrivait pas. Ils commençaient à faire l'amour sur la terrasse, mollement allongés sur le divan en osier, sans savoir s'ils iraient jusqu'au bout. Ils se caressaient avec des gestes lents, quand les premières gouttes tombèrent. Une petite pluie drue et immédiate, en rafales qui détrempèrent les coussins aussitôt. Il fallut les rentrer rapidement et fermer le parasol qui s'envolait. Les coups de vent, fréquents dans cette région, sont brefs et violents.

On entendit le bruit d'une voiture.

– C'est Félicien, je reconnais son auto.

En effet, Félicien apparut, armé d'un ciré et de galoches.

– Ça va cogner cette nuit, il paraît, je vais attacher les pots et fermer la serre.

– Merci Félicien, vous avez besoin d'aide ?

– Non, ça va. Je me débrouille, dit-il en jetant un regard vers Thomas qui s'essuyait le visage avec sa chemise déboutonnée.

Il disparut dans la nuit tombante.

La pluie redoublait, les feuilles arrachées s'abattaient sur la terrasse comme en automne.

– C'est magnifique quand la végétation résiste au mauvais temps, n'est-ce pas ? dit Lola.

Thomas la prit par un bras, la poussa vers le canapé du séjour et releva sa robe à nouveau.

– Attends, je ferme la porte ! Il peut nous voir.

– Et alors ? dit Thomas.

Lola tenta de se dégager mais Thomas l'écrasait de tout son poids. La porte-fenêtre était grande ouverte, l'orage s'engouffrait dans la pièce, seule la lumière extérieure, une lanterne balancée par le vent, éclairait le salon par intermittence. Leur accouplement prenait une tournure théâtrale, leurs ombres dessinaient sur les murs une épopée tragique, une bataille entre des héros antiques et légendaires. Thomas, debout, pénétra Lola penchée en avant, un genou sur le bras du canapé. Elle voyait le film de leur amour en ombres chinoises, elle eut le temps de penser que la beauté était avec eux, avant qu'un long orgasme sonore et intemporel la submerge.

Mais Thomas ne s'arrêtait pas. Les yeux fermés, il semblait chercher au tréfonds de lui-même une réponse à une douloureuse imploration. Il s'agrippait aux hanches d'une femme asservie, comme si elle n'était pas réelle mais un exemplaire de femme, de toutes les femmes, une matérialisation de la féminité contre laquelle il se heurtait de toutes ses forces.

L'orage gonflait, faisait hurler la cime des arbres. Le couple n'en tenait aucun compte, tout à leur intimité. Le rythme de l'empoignade ralentit, le garçon en sueur se coucha sur la croupe de sa partenaire. Ils restèrent là, recroquevillés sur le divan, encastrés l'un dans l'autre en chien de fusil. Aux sifflements du vent s'ajoutèrent des craquements sinistres, comme des os brisés.

Quelqu'un passa devant la baie en courant. C'était Félicien qui se précipitait au secours d'un arbre en criant :

– Venez m'aider !

Lola n'avait pas la force de se lever. Elle chuchota : « Vas-y… », mais Thomas ne bougeait pas non plus.

Félicien avait saisi une longue planche et tentait de soutenir le sapin qui penchait dangereusement. Mais ses efforts étaient vains, la planche faisait voile et le repoussait en arrière.

– Appelle-le toi, dit Thomas. Appelle-le. Je veux qu'il vienne ici, qu'il te voie comme tu es, là, prête pour qu'il te baise. Je suis sûr qu'il en meurt d'envie, j'ai bien vu comment il te regarde.

– Tu es cinglé, dit Lola en récupérant ses forces. Je ne veux pas.

– Si, tu veux. Appelle-le. Il attend ton appel.

Lola se retourna et dévisagea son diabolique amoureux. Que voulait-il au juste ? Quelle barrière essayait-il de briser entre elle et lui ? Ce pauvre Félicien n'était qu'un jouet, un instrument.

– Je ne peux pas lui faire ça. Tu es fou.

– Et moi je te dis qu'il n'est pas ici par hasard. Cet homme compte pour toi, tu l'as maltraité, méprisé. Il faut changer ça. Appelle-le et tu verras.

Lola se leva comme une somnambule, la poitrine et les pieds nus. Le salon était inondé par les rafales de pluie, la tornade faisait rage. Elle vit la silhouette de Félicien qui tentait de retenir l'arbre de ses deux bras. Le vent gifla le visage de Lola et lui fit reprendre ses esprits.

– Thomas ! Viens vite ! Il faut aider Félicien !

Elle se couvrit les épaules et la poitrine et courut pieds nus vers le perron devant la maison. Elle trébucha sur les deux marches glissantes et s'approcha de l'arbre que Félicien soutenait de toutes ses forces.

– Non ! Sauvez-vous Lola, il risque de tomber, on ne sait jamais de quel côté ! Mettez-vous à l'abri.

Thomas les rejoignit dans la pénombre, et se plaça à côté du jardinier qui criait des ordres brefs.

– Pas trop haut ! Tenez-le par la branche ! Ne bougez pas ! Lola, allez chercher la hache.

– La hache ? Où est-elle ?

– Accrochée à la porte du local. Il faut couper les branches du bas. Vite !

Lola fila vers le potager. En se retournant une dernière fois elle enregistra l'image, deux corps d'hommes appuyés au tronc du grand sapin, les bras enchevêtrés comme les lianes parallèles des glycines. Deux hommes qui lui sont proches, dont elle connaît les gestes. Elle s'enfonce vers le jardin dans la nuit noire, haletante, poussée par ces bras, ils sont contre elle, elle est l'arbre chancelant qu'ils enlacent. Les éléments en furie se plient à une dramaturgie venant du ciel. L'Olympe dicte sa conduite, la manipule, la provoque avec des éclats de colère divine. Un scénario mythique se déroule, Thomas n'est qu'un mortel comme elle, il est un agent du destin. Ensemble ils ont déchaîné cette tempête, il y aura une suite, un autre acte auquel elle obéira. Elle se figure les deux hommes nus sur elle, dans le crépuscule.

Elle bute contre des pierres, un arrosoir, elle ne voit rien dans l'obscurité. Les bras tendus devant elle, elle avance en aveugle. La cabane doit être dans cette direction. Un éclair illumine le jardin une fraction de seconde, la maisonnette est encore loin. En tâtonnant, elle trouve la fenêtre, puis la porte. Elle est fermée à clé. Elle se souvient où l'on cache la clé, dans un renfoncement du mur. Sous une pierre, elle trouve un trousseau de clés de toutes les tailles. Laquelle est la bonne ? Elle en essaye plusieurs, tombe enfin sur celle qui ouvre la grosse serrure. La hache est bien accrochée à son clou. Elle s'en empare et s'élance vers le perron quand un bruit d'explosion suivi d'un grand cri la fige sur place.

La voix de Félicien hurle :

– Lola ! Lola ! Vite, il faut appeler les secours !

Elle a juste le temps d'entrevoir l'arbre au sol, et les jambes de Thomas en dessous, sur le côté, inertes.

6

Les pompiers étaient arrivés assez vite, ils connaissaient Félicien. On avait tenu Lola à l'écart des opérations. Félicien lui avait administré un puissant sédatif que contenait sa trousse de secouriste. Sonnée, elle s'était endormie presque aussitôt. Elle sut plus tard que les huit cents kilos du grand pin avaient écrasé le thorax et le cou de Thomas, qui était mort sur-le-champ. S'il avait survécu, il aurait été tétraplégique et défiguré. On avait emporté son corps dès que le tronc d'arbre avait été dégagé, le décès ne fut déclaré qu'à l'hôpital.

Félicien était sous le choc mais sa préoccupation était Lola. Il l'assistait de son mieux. Tout le village proposa de venir en aide à la Parisienne, comme ils l'appelaient. Lola refusa toute présence, sauf celle de Félicien, de sa femme et de Brigitte, sa femme de ménage. Le pire fut d'annoncer la nouvelle aux proches de Thomas. Qui fallait-il appeler ? Lola ne savait presque rien de la vie et de la famille de Thomas. Elle trouva la rubrique « maman » dans son portable, et de nombreux prénoms féminins. Elle ne se sentait pas de taille à appeler la mère de Thomas et elle avait prié monsieur Viroulier, le maire, de le faire à sa place.

La tempête s'était calmée, et les récits des dégâts de la nuit affluaient. Un toit envolé, une serre détruite, des cheminées et des arbres arrachés. Surtout des arbres. Des conifères en majorité, pins, mélèzes et pins parasols, dont les racines horizontales se propagent dans des terrains sablonneux. Le vent s'entortille dans les branches serrées et fait pivoter l'arbre comme un tire-bouchon. Cette fois, le tourbillon avait ravagé les parcs et les forêts, alors que ce genre de tempête ne se produit habituellement qu'en hiver. Quant aux côtes atlantiques, elles avaient subi un véritable tsunami, on ne parlait que de ça.

La presse locale, puis nationale, carillonnèrent au téléphone de Lola, y compris au portable, et elle se demandait comment ils avaient eu le numéro. Il y avait eu des dizaines d'incidents cette nuit-là, mais le seul cas mortel était Thomas. Lola put mesurer l'impact d'un accident mortel en France. Une équipe du journal télévisé voulait faire une reconstitution du drame, Félicien les chassa à coups de jets du tuyau d'arrosage. Lola restait prostrée, amorphe, elle ne saisissait pas tout ce qui se passait autour d'elle. Le maire du village, un agriculteur du nord de la commune, s'occupa des questions pratiques, les communications officielles, la demande d'autopsie, la conservation du corps et sa mise en bière. Puis l'expédition à Paris, en banlieue sud, où madame Camille Fernandès vivait. La mère de Thomas. Les obsèques auraient lieu le mercredi suivant, et Félicien promit à Lola de l'accompagner, de rester avec elle.

L'inspecteur Dorieux, de Condom, la sous-préfecture, avait dû interroger Lola, puis Félicien, et d'autres témoins qui avaient pu croiser Thomas depuis qu'il était arrivé dans cette maison. Il s'excusait et ajoutait sans cesse que c'était la routine, il devait faire un rapport, quand il y a mort d'homme il faut faire un rapport. Les médicaments que prenait Lola la muraient dans un mutisme obstiné, le pauvre inspecteur n'arrivait pas à sortir grand-chose d'elle. Il apparut tout de même que Thomas n'avait prévenu personne de son voyage dans le Sud-Ouest, et pas davantage de l'existence de Lola. Elle était aussi inconnue de ses proches que Thomas l'était de l'entourage de Lola. Un casse-tête pour l'inspecteur, qui s'efforçait de reconstituer une histoire cohérente. Liaison de passage, fréquentation occasionnelle, avec des trous noirs, des absences qui ne permettaient pas de comprendre ce que ce garçon faisait là, à part les beaux yeux de Lola, bien éteints en ce moment.

Les derniers instants posaient problème. Félicien était un homme du pays, rompu aux dangers de la campagne, comment avait-il espéré retenir cet arbre et empêcher sa chute ? Ou plutôt, pourquoi avait-il attiré Thomas dessous et ne l'avait-il pas écarté avant qu'il soit trop tard ? La position du corps indiquait une anomalie. Il était sur le dos, les pieds vers le faîte de l'arbre et non vers la souche, comme on aurait pu s'y attendre s'il avait été surpris par la chute du pin. Que s'était-il donc passé ? Félicien avait témoigné : il s'était dégagé en hâte en criant au jeune homme d'en faire autant, mais celui-ci ne l'avait pas écouté et s'était seulement retourné. L'inspecteur avait confiance en Félicien, en ses déclarations, pourtant quelque chose ne collait pas. Son instinct de policier le lui disait.

L'autopsie ne révéla rien de particulier. Le défunt avait bien succombé lors de la chute de l'arbre. Il venait de dîner mais son sang ne montrait pas d'alcoolémie excessive. Il y avait des traces de sperme sur sa poitrine et sur ses mains, Lola n'avait pas omis de dire qu'ils étaient en plein rapport sexuel quand la tornade s'était brusquement manifestée. Ils n'avaient pas eu le temps de fermer les portes-fenêtres et l'eau sur le tapis du salon le prouvait. Jusque-là rien d'anormal, si ce n'était la présence de Félicien, juste à ce moment-là. Il était coutumier de ces visites de contrôle, dans d'autres jardins également, et ce soir-là il était passé chez les Anglais du manoir avant de venir chez Lola. Il avait posé des pierres sur un toit chez les Anglais, et avait fermé les persiennes partout. Les Anderson n'étaient pas encore revenus d'Afrique du Sud, où ils résidaient en hiver, Félicien avait la garde de leur propriété et jouissait de toute leur confiance. Comme d'autres, à qui il rendait des services, en passant la tondeuse ou en taillant les haies. Félicien était un homme précieux dont on s'arrachait les heures. Sa femme s'en plaignait. « Il n'a jamais un moment pour nous, pour réparer le portail qui se casse la figure, ni repeindre les volets qui souffrent depuis deux ans », se lamentait-elle. Dorieux notait tout ce qu'on lui disait, chaque détail pouvait lui fournir la pièce manquante du puzzle, le petit indice qui bouclerait l'affaire, en toute quiétude.

Félicien, lui, se faisait du souci pour Lola. Elle semblait ne pas vouloir sortir de sa torpeur. Elle n'avait posé aucune question, n'avait pas cherché à voir le corps de Thomas, ce qu'on lui aurait d'ailleurs difficilement permis. Juridiquement elle n'avait aucun droit. Elle était une parfaite étrangère, ce garçon ne l'avait citée nulle part, n'avait parlé d'elle à personne.

Le moment le plus terrible fut la visite de Camille, la maman de Thomas. Lola était alitée, encore sous l'effet des tranquillisants, elle demanda qu'on accompagne madame Fernandès chez elle après la morgue. Brigitte, la femme de ménage qui venait trois fois par semaine, s'était installée dans la pièce voisine, et surveillait Lola de près. C'est elle qui reçut madame Fernandès et la fit monter dans la chambre où Lola s'était installée à l'étage.

Une petite femme brune, aux cheveux teints. Elle regardait autour d'elle comme pour photographier les lieux que son fils avait vus, où il avait évolué, où il s'était assis, couché. Elle se tenait droite, son sac à la main. Elle mit un certain temps avant de regarder Lola, qui se leva, se dirigea vers elle, chancelante, et éclata en sanglots en la serrant dans ses bras. Elle pleurait enfin. Elle n'avait pas versé une larme jusqu'ici.

Les deux femmes restèrent silencieuses pendant de longues minutes, elles se regardaient, chacune cherchant sur le visage de l'autre des réponses à un million de questions.

– J'aimais Thomas, réussit à dire Lola d'une voix rauque.

– Moi aussi je l'aimais, répondit la mère.

Elle avait une voix qui ressemblait à son physique, frêle et réservée. Son visage était fermé et dur, un visage habitué au malheur.

Lola la pria de s'asseoir sur le lit, elle était trop faible pour rester debout, elle avait des vertiges. Par où commencer ? Que voulait entendre cette femme en premier ? Comment parler de sa liaison avec Thomas ?

Camille prit les devants :

– Mon fils était un homme qui avait besoin des femmes. Mais c'était un don juan aussi. Il était cruel quelquefois. L'année dernière il devait s'installer avec

Margarita, sa plus ancienne maîtresse. Est-ce qu'il vous a parlé d'elle ?

– Il ne m'a parlé de rien. Nous nous connaissions depuis peu. Il était très silencieux sur son passé.

– Margarita attendait un enfant. Il lui a demandé de ne pas le garder. Elle lui en a beaucoup voulu mais ils se voyaient quand même. Il était chez elle en Espagne avant de venir chez vous.

– En Espagne ?

– Nous sommes d'origine espagnole. Margarita était une amie d'enfance. Ils ont été élevés ensemble. La mère de Margarita et moi étions deux mères sans hommes. Thomas a connu son père quand il était adulte. Son père est cubain.

– Thomas parlait l'espagnol ?

– Non. Il a été élevé en France. Il a fait l'école communale française, je ne voulais pas le perturber, ma vie était déjà assez difficile comme ça. Je suis… comment on dit, je travaille dans les maisons, je suis femme de ménage, c'est comme ça qu'on dit.

Une bouffée de chagrin envahit Lola. Son bel intello d'amant avait une mère femme de ménage. Il grandissait encore dans l'estime qu'elle avait de lui, chaque jour davantage.

– Avez-vous d'autres enfants ?

– Oui. Un fils plus jeune. Un garçon que je ne vois presque jamais. Un garçon compliqué. Thomas était compliqué, mais son frère c'est pire. Il vit sur une corde raide.

– Les deux frères se voyaient ?

– Non. Ils étaient fâchés. Thomas avait pris ma défense dans une histoire. Ils s'étaient battus, ça avait mal fini.

Camille Fernandès pencha la tête. Des larmes coulèrent sur ses joues, enfin. Une immense tendresse pour cette femma s'empara de Lola. Quoi faire ? La prendre en charge ? La dédommager ? Alléger sa souffrance ? Comment ? Lola était dans un piteux état elle-même. Mais pouvait-elle faire quelque chose pour cette femme, cette mère brisée ?

– Voulez-vous rester ici quelque temps, madame ? Vous me parlerez de lui, je vous dirai ce que…

– Appelez-moi Camille. Vous savez, je n'ai que trois ans de plus que vous. Mais non, je vous remercie, je dois rentrer à Paris.

Lola réalisa l'injustice qui les séparait. Elle avait l'allure d'une jeune fille et cette femme semblait une vieille dame. La douleur les frappait toutes les deux mais la disparité demeurait.

– Restez déjeuner au moins, je crois que Brigitte nous a préparé quelque chose.

Brigitte n'était pas loin, elle entra dans la chambre.

– Il y a du confit et du chou braisé, comme vous aimez.

– Brigitte est formidable, merci Brigitte. Mais je ne sais plus ce que j'aime.

– Ça fait trois jours qu'elle ne mange pas, il faut que vous vous nourrissiez, Lola. Félicien est là, je peux lui dire de monter ?

– Félicien est l'homme qui…

– Je le connais, j'ai parlé avec lui. Il est venu me chercher à la gare.

– On va descendre déjeuner, Brigitte. Où avez-vous mis la table ?

Tous les endroits où elle avait côtoyé Thomas dans cette maison lui étaient devenus infréquentables. Elle ne pouvait plus s'asseoir sur les chaises, sur les canapés. Sa chambre était fermée, la salle de bains interdite. Elle ne pouvait s'asseoir ni dans les fauteuils en osier ni sur les murets autour de la terrasse, comme s'ils étaient en feu. Elle ne pouvait le dire à personne, mais elle supposait que Félicien l'avait compris, dans sa grande délicatesse.

– J'ai mis la table dans la cuisine, ça ira ?

Oui, ça allait. Ils n'avaient jamais déjeuné dans la cuisine. Pas d'image intolérable.

Félicien aida Lola à descendre l'escalier, puis à s'installer sur la chaise de la cuisine, le dos à la terrasse. Mme Fernandès posa son sac et s'assit face à elle.

– Félicien, Brigitte, asseyez-vous. Restez déjeuner avec nous.

Ils se firent prier, puis acceptèrent, pensant qu'ils allégeaient ainsi l'épreuve du tête-à-tête des deux femmes.

Après un silence interminable, Camille dit :

– Vous avez une jolie maison. Elle vous ressemble.

De nouvelles larmes montèrent aux yeux de Lola.

– Votre fils m'a dit la même chose. Exactement la même chose. Pourtant je n'ai pas l'impression qu'il attachait beaucoup d'importance aux maisons…

– Il n'en connaissait pas. Du moins je crois. Il ne me parlait pas de ses connaissances, des femmes qu'il fréquentait. Certaines, oui. Je savais qu'il me décrivait sa vie d'une manière qui ne puisse pas m'inquiéter.

– Sa vie était très compartimentée ? se hasarda Lola.

– Oui. Je crois. Il avait peu de temps libre. Il travaillait tout le temps.

– Il ne vous a rien dit…

– Sur vous, non. Je me souviens vaguement qu'il m'avait parlé du symposium où vous vous êtes connus. Mais il ne m'a pas parlé de vous. Il rencontrait beaucoup de femmes. Il n'avait que des amies femmes.

Elles mangèrent en silence, du moins firent semblant, l'une et l'autre. Brigitte et Félicien avalaient de grandes bouchées contenues. C'était la première fois qu'ils partageaient un repas avec leur patronne. Il y avait bien eu des buffets dînatoires à la fin de chaque tranche de travaux, avec les artisans et les voisins, un déjeuner dans le jardin pour le pépiniériste et ses assistants, après la plantation des rosiers, mais jamais en petit comité, à la même table.

– Ça vous plaît ? demanda Brigitte.

– C'est délicieux, madame, répondit Camille poliment. On mange bien, dans votre région.

– Oui, mais vous me laissez tout dans l'assiette, toutes les deux !

Lola se forçait pourtant, pour lui faire plaisir.

Félicien l'observait furtivement. Il regarda sa montre :

– Je ne veux pas vous presser, mais votre train est dans une heure. Il faut une demi-heure pour aller à la gare…

– Merci Félicien, dit Lola. Vous êtes vraiment gentil. Je ne vous remercierai jamais assez. Je ne sais pas ce que j'aurais fait sans lui, ajouta-t-elle en s'adressant à Camille. Vous avez le temps d'un café…

– Merci. Non. Je ne prends jamais de café.

– Thomas n'aimait pas le café non plus.

Elles se regardèrent intensément, sans pleurer.

– Dans quelque temps, vous me raconterez, n'est-ce pas ? dit Camille doucement.

– Oui. Dans quelque temps. Je viendrai à l'enterrement. Félicien me conduira.

Félicien fit oui de la tête. Ils se levèrent dans un bruit de chaises, pour cacher la gêne.

Mme Fernandès s'attarda un instant dans le salon, elle auscultait les murs, les meubles, les tapis. Avant de monter voir Lola, elle avait demandé à Félicien de lui montrer le perron où tout était arrivé. L'arbre fatal était encore là, il gisait tristement sur le flanc comme un cavalier désarçonné. De son tronc déchiqueté émanait une forte odeur de résine, les stries rougeâtres de la souche semblaient saigner.

Elle jeta un dernier regard circulaire qui signifiait : « Je ne reviendrai jamais ici. »

Lola l'observait depuis la cuisine. Les secondes s'écoulaient, lourdes comme du plomb. Jamais les objets n'avaient été aussi inanimés. La mort les avait recouverts d'un voile insoulevable.

7

Autrefois – il n'y avait pas si longtemps –, le cimetière de Bagneux se trouvait au milieu de jardins pavillonnaires. Aujourd'hui, des barrières d'immeubles se dressent tout autour, rendant ce carré de tombes archaïque et anachronique. La question même de la sépulture se pose, dans les villes. Pourquoi utiliser des centaines de mètres carrés à usage improductif, quand la place manque pour les stades, les crèches et les hôpitaux ? En attendant dans la voiture, à l'abri du soleil insolent qui brillait ce jour-là, Lola se faisait cette réflexion, pour occuper son esprit las. Elle se souvenait des conversations avec sa mère dans la chambre d'hôpital d'une cousine dans le coma. On brisait le silence pour louer le perfectionnisme des lits électriques qui pouvaient monter et descendre sans bruit, se plier et pivoter dans tous les sens, elles commentaient la couleur des murs et le système de fermeture des fenêtres, avec une crémone à clé. La gravité engendre les conversations futiles, on meuble les longues plages d'attente, entre les vagues de tristesse. On ne peut étirer le temps des larmes indéfiniment, comme le chanteur ne peut tenir une note aiguë trop longtemps. Elle avait tellement pleuré que son cœur était vide.

Elle regardait ces immeubles affreux. Comment peut-on vivre là-dedans ? Et soudain elle pensa que Thomas avait passé son enfance là, dans ces quartiers inhumains, du béton et de la laideur partout. Il avait raison de la juger bourgeoise et inconsciente des réalités. Elle avait été protégée, elle avait vécu dans de jolies maisons, surtout à l'étranger quand son père était en poste. Elle ne savait rien de cette autre vie, des rêves que faisaient les enfants dans ces rues de banlieue. Elle imagina Thomas petit, jouant avec un tricycle sur l'esplanade grise d'un de ces immeubles, perdant déjà ses lunettes comme il les semait partout chez elle. Elle fut saisie d'une bouffée d'émotion et se promit de retourner voir Camille pour en savoir plus sur le garçon qui avait bouleversé sa vie.

Le corbillard entra par la porte centrale, suivi d'un petit cortège à pied. Lola sortit de la voiture et se glissa parmi eux. Il n'y avait pratiquement que des femmes. Deux jeunes gens, en tête, se tenaient près de Camille soutenue par une autre femme aux cheveux blancs.

Lola chercha Félicien des yeux. Il attendait plus loin, près de l'emplacement de la tombe. Pas de prêtre. Pas de messe. Un enterrement laïc, sans cérémonie. Pas de faire-part non plus. Un entrefilet dans *Le Monde*, à la page des « Disparitions ». Thomas avait été interviewé sur le mariage en Inde, à la suite de la publication d'un essai chez Odile Jacob sur la cellule familiale dans les économies émergentes. Pas de couronnes, des fleurs coupées que chacun lancera sur le cercueil. Lola avait apporté un immense bouquet de roses de son jardin, Félicien l'avait posé près du monticule de terre et Lola songea que heureusement le bouquet resterait anonyme, il avait l'arrogance de sa splendeur, dans l'apothéose de l'été.

Un micro attendait près de la tombe, sur un pied. Un des jeunes gens s'approcha, attendit que tout le petit groupe soit réuni, silencieux. Sa ressemblance avec Thomas était visible, bien qu'il n'eût pas le charme de son frère. Les mêmes traits, mais brouillés. Une moue amère déchirait le bas de son visage, ses yeux cachés derrière des lunettes fumées dardaient néanmoins, perçants. Il se mit à parler, sans papier, sans préparation évidente. Sa voix amplifiée par le haut-parleur grésillant était étrangement aiguë pour son physique de mauvais garçon.

– Thomas, mon frère, je ne peux pas accepter ça, que tu sois là, dans cette boîte, non, je n'y crois pas, tout ça est une blague, tu vas sortir, tu vas m'attraper par le col, tu vas m'engueuler, me sermonner, peut-être me frapper. Dans notre bizarre famille, tu étais le plus fort. Tu étais le chef. Depuis que nous sommes petits tu étais le chef. Tu étais le premier à l'école, au lycée, peut-être à l'université ? Ça, je ne sais pas parce que moi j'ai lâché. Je n'avais pas tes capacités, ta ténacité. Tu ne t'ennuyais jamais avec les livres, dans les bibliothèques. Moi si. Tu ne le comprenais pas. Tu t'en foutais de gagner de l'argent, d'avoir une bagnole, de partir en vacances. Pour toi il n'y avait que le travail. Et les femmes. Elles te tombaient dans l'écuelle comme des mouches. Tu ne faisais aucun effort. Moi je ramais, celles que je trouvais me gonflaient, et tu ne m'en as pas voulu quand j'ai rencontré Sylvain. Tu ne jugeais pas. Tu étais curieux, même. Pour le reste tu ne voulais pas savoir. Le fric, les combines, le commerce qui paye, tu ne voulais pas en entendre parler. Le fric, tu en avais besoin quelquefois, mais tu ne voulais pas du mien. On s'est disputés, souvent. On est restés des mois sans se voir. Mais aujourd'hui je veux te dire que tu me manques, que tu me manqueras toujours…

Sa voix se brise, il ne peut aller plus loin, il s'écarte et se détourne pour pleurer derrière un arbre.

Un autre homme, plus âgé, vient au micro. Il tient une feuille de papier qu'il déplie.

– Thomas a été mon élève dans les dernières années à Paris 1. Un élève brillant et singulier à qui j'avais prédit un grand avenir et qui nous quitte trop tôt, beaucoup trop tôt, avant qu'on ait eu le temps de mesurer son talent. Je vais essayer d'honorer sa mémoire et de vous le décrire tel que je l'ai connu, tel que je l'ai vu s'affirmer et se construire au cours de ses études universitaires. Jeune doctorant, il m'avait choisi parmi tous les professeurs pour l'aider à rédiger sa thèse. Je savais peu de chose sur lui, et il ne m'a délibérément pas renseigné outre mesure, comme s'il s'en remettait à ses aptitudes plus qu'à son identité sociale. Il avait raison. Il n'avait guère besoin de présentation, son caractère et sa volonté s'exprimaient dans son travail avec clarté et vigueur…

Le professeur fit une longue et ennuyeuse liste des travaux de Thomas, sans omettre une date ni une publication.

Lola se demanda si ce prof connaissait la vie sexuelle de son élève, s'il la soupçonnait même. Le bonhomme semblait peu intéressé par le sexe. Ses cheveux gras et les pellicules sur sa veste révélaient un homme qui ne se préoccupe pas de son impact sur la gent féminine, pas plus que ses lèvres bordées d'un liséré de tabac. Thomas avait fait la leçon à Lola : les beaux ne sont pas les plus sexuellement attirants. Sinon l'espèce humaine péricliterait. Mais vraiment ce monsieur n'était pas appétissant.

Lola cessa de l'écouter pour observer l'assistance. La station debout l'épuisait, elle s'était appuyée contre un arbre en amont, d'où elle voyait les gens de face. Trois femmes attirèrent son attention. Une brune aux cheveux longs, un physique ibérique, le teint hâlé. Elle se dit : ce doit être la Margarita dont m'a parlé Camille. Une autre, vingt-cinq ans, jolie et gracieuse, serrait les dents, comme furieuse. Une troisième, même âge, sanglotait en silence, ses cheveux courts lui barraient le visage, indomptés. Il y avait Camille, pâle et solitaire, immobile. Près d'elle la dame d'un certain âge, élégante mais sans apprêt, les cheveux blancs coupés à la garçonne. Derrière, quelques jeunes femmes encore, des étudiantes sûrement, une jeune Africaine, impossible de deviner de quel pays. Lola ne put s'empêcher de se demander avec lesquelles de toutes ces femmes Thomas avait fait l'amour, peut-être toutes, sauf la vieille dame. La douleur se rappela à elle, un chagrin lancinant, dévastateur.

Elle l'accueillait sans récriminer, elle y voyait un prolongement à l'énormité de ce qu'elle avait vécu pendant ces dernières semaines, une fatalité dont elle se sentait étrangement débitrice. Rien n'était neutre, une logique dirigeait ce déversement de souffrance. Il y avait un sens à tout cela, elle l'éluciderait un jour. Elle devait tenir le coup, pour lui, pour l'histoire, pour elle-même. Depuis le jour où Thomas était entré dans sa vie, elle avait le sentiment qu'on attendait quelque chose d'elle. Qu'elle était nommée pour une tâche inconnue, à travers une énigme, et maintenant une épreuve.

Elle continuerait donc, elle chercherait, elle livrerait cette bataille, elle s'y consacrerait, de la tête aux pieds. L'amour est la fin de la liberté, mais c'est le début du dépassement. Il n'y a pas de chaos, il n'y a que des signaux que nous ne comprenons pas. Thomas, dans son pragmatisme, ne cessait d'évoquer les illuminations qui nous attendent à travers la connaissance. Et le bonheur ineffable qui les accompagne. Le reste n'étant, selon lui, que pipi de chat, vulgaire contentement humain, répétitif et pauvre.

Quand le professeur eut terminé son long hommage, la femme brune vint lire une poésie de Lorca en espagnol, puis en français. Elle dit : « *Adios, Tomas* », avec une sorte de fierté, puis regarda Lola, qui aurait voulu être invisible à cet instant-là.

Vint le moment terrible où le cercueil descend dans la fosse, retenu par des cordages.

Lola vacilla, elle tombait dans ce trou avec la boîte, un morceau d'elle, de son propre corps allait disparaître, enseveli.

Tous défilèrent en jetant une fleur et une pelletée de terre.

Félicien s'était approché de Lola pour lui prendre le bras, voyant sa faiblesse. Elle était raide et livide. Ses lèvres étaient grises. Le pauvre jardinier en était terrorisé. Il se sentait impuissant. Il avait prévu une flasque d'armagnac qu'il serrait dans sa poche, avec les médicaments. Depuis les événements, il était devenu garde du corps et infirmier, il s'acquittait de ces nouvelles fonctions avec patience.

De retour dans la voiture, elle accepta l'armagnac mais pas les cachets. Elle dit :

– Ça suffit, il faut que je commence à me passer de toute cette chimie. Rentrons, Félicien. Je vais me mettre derrière et essayer de dormir.

8

Je n'aime pas conduire en ville, je suis content que Lola n'ait pas souhaité repasser chez elle à Paris. Nous n'avions pas fait de plan, mais j'espérais qu'on retournerait chez nous aussitôt après les obsèques. Une longue route mais tant pis, je préfère ça. Je connais ma voiture, elle roule toute seule, et si je suis fatigué je m'arrêterai un moment, je boirai un Coca, c'est mieux que le café pour se requinquer. Lola dort, c'est bien.

Surtout, je ne veux pas la laisser seule. On ne sait pas ce qui peut lui passer par la tête. À Paris elle connaît plein de monde, mais personne ne veillera sur elle comme nous, là-bas. C'est vrai, elle le dit elle-même. « Vous m'avez sauvée, Félicien, je pense que je serais allée me jeter dans l'étang. » Il n'aurait manqué que ça. L'étang maudit. On ne l'a jamais laissée seule, entre Brigitte, ma femme et moi. Même la nuit. Évidemment ça ne pourra pas durer éternellement. Moi aussi il faudra que je me repose. Que je fasse place nette. Tout ça a été si brutal, si violent. Je dois m'en remettre, moi aussi. Je dois vivre, moi aussi. Ce garçon ne restera pas sur mon dos, je le refuse. Il restera sur le cœur de Lola, mais moi je n'y suis pour rien, le destin c'est le destin, je ne peux pas continuer à tourner toutes ces pensées dans ma caboche.

Moi aussi j'aimerais parler à quelqu'un.

À qui ?

Il n'y a qu'elle.

Je ne peux pas parler à Lola. Impossible, tout sauf elle. Elle ne le supporterait pas. Elle ne me croirait pas. Elle est trop secouée, maintenant. Mais dans quelque temps, qui sait. À condition qu'elle ne s'enfuie pas. Qu'elle ne vende pas la maison. L'autre jour je l'ai entendue dire au médecin :

– Oh, docteur, je ne resterai pas ici, rassurez-vous. Je vous laisserai mes fantômes, je laisserai tout. Comment voulez-vous que je reste ici ?

Elle a sans doute raison. Il vaudrait mieux qu'elle aille ailleurs, qu'elle refasse sa vie ailleurs. Sa vie… ! Quelle vie lui donnait ce gredin ? Quel avenir ? Dans combien de temps s'en serait-elle aperçue ? La déception aurait été encore plus meurtrière. Il est parti comme un ange, alors qu'il était le diable. Elle aurait tout perdu avec lui, sa fraîcheur, sa grâce, sa sérénité, son argent. Il aurait tout bouffé, il préparait une débâcle, il allait tout casser. Comment expliquer ça à ma Lola, elle ne me croirait pas, elle ne m'écouterait pas. Et maintenant qu'il est mort, c'est fini, il est sur un piédestal, dans une châsse.

Pauvre garçon, je n'ai rien contre lui, je n'aurais pas voulu… Il n'a pas mérité de partir comme ça, personne ne mérite de mourir si jeune, si bêtement. Mais je n'aurais pas supporté qu'il touche à un cheveu de Lola, qu'il lui fasse du mal, qu'il la blesse, qu'il la change. Il avait commencé, je la voyais se transformer de jour en jour, les derniers temps elle était hagarde, comme droguée. Qu'est-ce qu'il lui faisait, Bon Dieu, qu'est-ce qu'il lui racontait ? Elle était sous sa coupe, elle ne voyait plus que lui. C'est bien l'amour quand c'est fort comme ça, quand on est pris, obnubilé. Mais pas quand on perd la jugeote, qu'on devient esclave. Elle était son esclave. Je les ai vus faire l'amour à plusieurs moments de la journée, il n'était jamais satisfait. Il lui parlait mal, il n'avait pas de respect. Une fois j'ai failli intervenir. J'étais dans le bois avec Lucky, mon chien. De la colline on voit la maison de Lola. Ils étaient nus, il l'a jetée sur le talus plein d'aiguilles de pin, elle a eu mal, elle a poussé un cri qui n'était pas de plaisir, je sais reconnaître tout de même, et il lui a mis son pénis… Mais je ne veux plus y penser. Je me fais du mal. Je ne veux plus penser à tout ça. J'ai tourné les talons et je suis parti, dégoûté. Après je me tourmentais. Je me disais : la patronne a besoin de moi, elle est dans une mauvaise passe avec ce type, je dois faire quelque chose. Mais je me suis raisonné et je me suis mis à courir, courir, pour me fatiguer, même Lucky n'arrivait pas à me suivre. Il me regardait avec ses gros yeux, tout étonné, l'air de dire : Qu'est-ce qui te prend, papa ? Tu te prends pour un cheval, ou un cerf, ou un sanglier ? Je courais pour me débarrasser de cette image, ma petite patronne humiliée par ce garçon cannibale, et même si elle n'est plus une enfant elle est une enfant quand même. Dans ce domaine elle est aussi ignorante que moi, elle n'est pas préparée, elle n'est pas faite pour ça. Les chaudasses qu'on voit dans les films pornos sont toutes pareilles, elles n'ont peur de rien, elles s'en foutent, elles mènent les hommes comme elles veulent, mais Lola non, elle ne sait pas faire, ce n'est pas pour elle…

Je voulais me convaincre que je me faisais du mouron inutilement, mais je n'y arrivais pas, c'était plus fort que moi, je sentais le danger, et je n'avais pas tort. Il faut être chasseur comme moi pour flairer les individus. Ce Thomas m'a inquiété dès le début, dès la première fois que je l'ai vu, le matin du 14 Juillet. Je l'ai même dit à ma femme : « Mademoiselle Lola a invité un drôle de type, un bonhomme qui a des yeux de loup. Un beau mec, ça oui, un type qui rend les femmes dingues. J'espère qu'elle n'est pas trop amoureuse, c'est le genre d'homme qui te met une femme à genoux. » Elle m'avait répondu que ce n'était pas mes affaires, que je laisse Lola tranquille, si elle a un coquin ce n'est pas mal. Je n'ai plus jamais rien dit à ma femme, je voyais bien que ça l'agaçait que je me préoccupe de la vie privée de Lola, c'est vrai que ça ne me regarde pas. J'ai donc fermé ma grande gueule et je n'en ai plus parlé. Je n'ai pas raconté ce que j'avais vu. Des fois qu'elle s'imagine que je suis jaloux, ou que je tourne vicieux, avec l'âge. Mais mon instinct ne m'a pas trompé. Ce garçon était mauvais. Il traînait quelque chose de sombre, de malheureux. Il se vengeait d'un malheur qui lui était peut-être arrivé, il ne supportait pas le bonheur des autres. Il voulait entraîner les autres vers son malheur, il voulait que tout le monde soit malheureux comme lui. Je suis sûr de ça. Je l'ai compris. Il me l'a dit. Cette nuit-là. Cette nuit terrible.

Maintenant nous allons essayer de remettre les choses en place. Je vais commencer par débiter cette saleté de sapin, même pas du bois de chauffe, les résineux encrassent les poêles et les cheminées, je ferai venir la benne et ouste, dehors le sapin. Cet hiver on arrachera la souche, il faut attendre un peu pour ça, que les racines pourrissent et se ramollissent, mais en attendant je mettrai une jardinière dessus, avec des pétunias retombants, des surfinias blancs, c'est le plus joli, j'en ai mis partout chez les Anderson, ils adorent.

Elle dort. Elle en a de la chance. Moi ça fait une semaine que je ne dors pas. Je revois sans cesse les mêmes images, elles se mêlent dans ma tête, je n'arrive pas à les chasser. La seule fois que j'ai vu mourir quelqu'un à côté de moi, c'était en Algérie, dans les Aurès. C'était la nuit, je continuais à parler à mon camarade, je ne voyais pas qu'il était mort, il avait pris une balle dans la tête, il n'y avait même pas de sang. Sur Thomas non plus, il n'y a pas eu de sang. Mais juste avant il y avait eu du feu dans ses yeux, de la braise. Un regard de sauvage qui brillait dans l'obscurité. Je n'ai pas souvent peur, mais cette nuit-là j'ai eu peur. Peur de moi. On ne peut que lui casser la gueule, à un type comme ça, il vous fait sortir la rage du corps, on devient violent. J'ai pas fait exprès. C'est lui qui m'a provoqué.

9

Une nuit, il m'avait réveillée en me prenant la main et en la posant sur son sexe en érection. Il a chuchoté qu'il me faisait l'amour en rêve et que ça le faisait bander. Nous l'avons fait pour de bon, je ne suis pas sûre qu'il ait joui. Moi si. Plusieurs fois. Je suis une pluri-orgasmique, me dit-il, une catégorie rare. Je ne savais pas s'il fallait en être flattée ou pas. Je le revois, avec ses yeux phosphorescents, me regardant en face, m'obligeant à ouvrir les yeux, à jouir en ouvrant les yeux. Parfois il me redressait la tête quand je l'enfouissais dans les coussins : Ne te cache pas, abandonne tes pudeurs, ne fuis pas ton plaisir. Puis il est allé boire un grand verre de lait à la cuisine. Il est revenu, il s'est assis en tailleur sur le lit et il m'a parlé. Longuement parlé de sa philosophie amoureuse. De sa vision de la sexualité, de sa confiance dans les émois de la chair, seule brèche de sincérité et de pureté chez les humains aux comportements socialement pollués par la nécessité de gagner sa vie, de paraître et de vaincre les peurs. Dans le sexe il voyait le salut de l'homme, également de la femme, qui avait enfin pris possession de sa jouissance, après des siècles d'esclavage. La sexualité étant privée et personnelle, elle protège de tout formatage, elle est un espace de liberté et d'indépendance. La preuve, disait-il : elle fleurit dans les pays pauvres, ou chez les peuples soumis à une dictature. Elle décline dans les pays développés, gavés de biens matériels. Dans les pays riches la natalité décroît, mais la joie de vivre aussi. Il en parlait avec ferveur et espoir. À l'entendre, le sexe sauverait le monde. La faculté de s'abandonner à une vibration naturelle ennoblit le corps et lui donne tout son sens. Pourquoi un clitoris, pourquoi un pénis, pourquoi des seins, des aines, des peaux sensibles et frémissantes si ce n'est pour jouir ? Si ce n'est pour se connaître soi-même, pour atteindre la libération de l'inconscient par l'orgasme, par la brûlure du plaisir. Mieux que la méditation transcendantale. Mieux que les drogues et que l'ivresse des cimes. Il s'étonnait que les gens ne se servent pas davantage de cette arme formidable contre la dépression, contre l'ennui, contre l'oppression. Il trouvait qu'on ne fait pas assez l'amour, cet acte magnifique est à la portée de tous, si on laissait exulter les corps, on ferait moins la guerre. Il avait compris ça très tôt, sur les bancs de l'école, il avait baisé toutes les filles de sa classe, certaines s'en souviennent encore et il les revoit. Il défendait sa polygamie, ses amours superposées, avec précision et tranquillité. Il se souvenait de toutes les femmes qu'il avait baisées, toutes. Il pouvait les baiser à nouveau, sans distinction d'âge ou de physique. Bien sûr il les préférait belles et joyeuses, mais dans toutes ses expériences il avait connu des neurasthéniques, des nymphomanes, des cérébrales et des primitives, des vierges et des allergiques au sexe, ou des lesbiennes qui s'ignoraient. Ce n'était jamais vain, jamais décevant. La liste de ses conquêtes était impressionnante, et moi j'écoutais, médusée mais fière de la confiance qu'il me témoignait en me racontant tout cela avec une telle franchise.

– Je récuse le mot conquête. Elles m'ont pris autant que je les ai prises. C'est fini, ce concept de l'homme qui prend et de la femme qui donne. On s'embarque ensemble dans un tourbillon, c'est noble et toujours nouveau.

Je lui ai posé encore la question du danger, il m'a répondu sereinement qu'il prenait toujours ses précautions, qu'il faisait des tests sanguins fréquemment et qu'il ne faisait l'amour sans capote qu'avec moi, parce qu'il savait être clean juste avant, même si je ne lui avais rien demandé, dans ma candeur de femme monogame. Il en avait conclu que j'étais clean moi aussi, et que je prenais mes responsabilités côté pilule, ce qui était exact.

J'aurais voulu prendre des notes, tant son credo était argumenté et raisonné. Le sexe comme lieu de l'infini et de l'absolu, le refuge de l'âme et de la conscience. L'essence même de l'humain.

Je l'avais suivi.

Et me voilà privée du vaisseau qui devait m'emmener ailleurs, dans un monde enchanté. Me voilà veuve avant d'avoir été mariée, orpheline avant d'être née. Mon cœur éclate dans ma poitrine, mon ventre gémit, un manque atroce affole tout mon corps, je suis perdue, jamais plus je ne vivrai.

Félicien croit que je dors alors que je me tords de chagrin, je suis une loque vautrée sur le siège arrière de sa voiture, je ne suis plus rien, je suis un tas entouré de chiffons, un tas qu'on trimbale d'un endroit à un autre, et qu'on pose sur des chaises, sur des lits, sur des banquettes. Je m'affale, je n'ai plus d'os, plus de colonne vertébrale.

Félicien parle tout seul au volant, je l'entends marmonner quelque chose à propos de cheminées ou de surfinias. Il ne met pas la radio pour ne pas me déranger, il se tient compagnie à lui-même pour ne pas s'endormir, le malheureux. Je suis vraiment lamentable, j'exploite la gentillesse de ce pauvre type, de quel droit, qu'a-t-il fait pour que je le traite ainsi…

Thomas avait dit : tu le maltraites… tu l'humilies…

Non, je veux oublier ça, c'est une erreur, je n'ai pas compris, j'ai mal entendu…

La route n'en finit pas, et j'en suis presque soulagée. Je ne décide rien, je suis un paquet postal qu'on va déposer à une adresse donnée, je n'ai qu'à dormir, peser de tout mon poids sur cette banquette, recroquevillée comme un escargot dans sa coquille. Je suis prise en charge par la médecine française, par le bon fonctionnement de nos routes et par Félicien, à lui seul il est la Croix-Rouge, la SNCF, l'assistance sociale et SOS-suicide. Il veille sur moi comme un humanitaire sur un camp de réfugiés. Il soulage mes peines en me transportant d'un endroit à un autre, en m'empêchant de sombrer dans l'immobilisme et le désespoir. Il y a des hommes comme cela, des hommes naturellement bons et secourables.

Thomas n'était pas bon.

Il était génial.

Rien à voir.

10

L'été repartait de plus belle. Le soleil entrait dans les maisons, impudent et révélateur. Le moindre grain de poussière se voit sur un piano, dès que la lumière le frôle. Lumière insistante du soleil d'août, voué à faire rougir les pêches et le raisin.

Lola s'enfermait à l'intérieur de la maison, cantonnée au fond des pièces ouvertes sur le nord, dans les recoins où Thomas avait le moins séjourné. Des lits où il ne s'était pas couché. Des fenêtres où il ne s'était pas penché.

Sa sœur avait voulu venir passer quelque temps avec elle, mais Lola avait refusé fermement. Elle ne désirait la présence de personne, même de sa sœur, qu'elle aimait beaucoup pourtant. Une femme énergique et concrète, très différente d'elle, avec laquelle elle avait décidé de s'entendre une fois pour toutes, même si leurs idées divergeaient. Lola n'envisageait pas de raconter quoi que ce soit à Margot, elle ne saurait pas par quel bout commencer et c'était trop tôt, au-dessus de ses forces.

Elle prenait conscience de sa solitude. Elle ne partagerait avec personne ce qu'elle venait de vivre, alors que rien n'avait été plus décisif en elle depuis sa puberté. Ses premières règles, et la transformation physique qui s'était ensuivie, étaient seules comparables à son état actuel. Le divorce de ses parents, pendant son adolescence, l'avait mûrie prématurément, mais pas altérée. Dès le premier jour, quand Thomas avait posé sa main sur sa cuisse, elle était devenue une autre. Comment expliquer cette mutation ? Comment définir un événement si personnel ? Comment l'expliquer ? La secousse s'était produite sans mots, et ne pouvait se relater avec des mots. Elle se savait condamnée au silence.

Jour et nuit, elle rôdait de pièce en pièce en s'adressant à Thomas à voix basse. Elle lui posait des questions, elle lui demandait des précisions, des avis, des conseils, mais elle ne se plaignait jamais.

Elle parlait à Thomas, mais à qui parler *de* Thomas ? Avec qui évoquer les infimes détails, les tournures de phrases, les attitudes, les manies qui étaient les siennes ?

Les jours passaient et le projet fit son chemin : les seules personnes qui l'extirperaient de son soliloque seraient celles qui avaient connu Thomas. Les femmes qui l'avaient aimé. Qui avaient eu des relations intimes avec lui. Elle avait accepté leur existence du vivant de son amant, elle ne les nierait pas parce qu'il n'était plus là. Elles existaient. Elles vivaient quelque part. Comment vivaient-elles ? Comment s'en sortaient-elles ? Qu'avaient-elles perdu ?

Elle osa appeler Camille.

– Comment allez-vous, Camille ?

– Comment voulez-vous que j'aille ? lui répondit-elle d'une voix blanche. Et vous ? Vous poursuivez vos vacances ?

Lola décela de l'ironie dans la phrase.

– Des vacances ? C'est fini, les vacances. Pour toujours.

– Il ne faut pas dire ça, Lola. Vous êtes jeune.

– J'ai le sentiment d'avoir cent mille ans, je n'ai plus d'âge. Mais je voudrais vous voir. Puis-je venir vous rendre visite ?

– Non, Lola. Ce n'est pas nécessaire. Ne vous mettez pas ça sur le dos. Vous ne pouvez rien pour moi.

– Mais vous, vous pouvez quelque chose pour moi.

– Quoi que je vous dise, ce sera douloureux. Il vaut mieux pas.

– Je ne crains pas de souffrir, mais j'ai besoin de comprendre.

– Que voulez-vous comprendre ?

– Ce qu'il voulait. Ce qu'il cherchait. Pourquoi moi ?

– Vous vous rendez compte de ce que vous me demandez ? Comment puis-je savoir ce que mon grand fils avait dans la tête ? Quelle mère peut dire qu'elle sait qui est son fils ? On croit savoir. On croit le connaître mieux que personne. Mais c'est une illusion. Un enfant est un individu, un être détaché qui grandit à sa manière. On ne peut pas prévoir ce qu'il deviendra. On peut espérer, tenter de l'influencer, être contrariée, mais on ne peut rien changer.

– On peut aimer.

– Oui, on peut aimer. C'est tout ce qu'on peut faire.

– Est-ce que vous me donneriez le téléphone de Margarita ? Et des deux autres femmes qui étaient au cimetière ?

– Guenola ? Missy ?

– Je ne sais pas. Elles étaient derrière vous. Elles paraissaient proches de vous. De lui.

– Oui. Guenola a beaucoup aimé Thomas. Ils travaillaient ensemble, souvent. Missy, je la connais à peine. Mais que voulez-vous leur dire, à ces femmes ?

– Je veux qu'elles me parlent de Thomas.

– Je ne pense pas que ce soit une bonne idée. Essayez de faire votre deuil toute seule, n'alourdissez pas votre chagrin avec celui des autres, avec des récits qui vous retourneront le cœur, avec des découvertes, qui sait, qui pourront ne pas vous plaire. Si vous avez aimé Thomas, pensez que vous avez été une privilégiée, vous n'avez pas eu le temps de voir ses défauts, votre histoire a été si courte…

– Courte mais déterminante. Pour moi. Pour lui aussi, je crois. Je vous en prie, aidez-moi. Je ne suis rien pour vous, mais votre fils m'avait choisie pour une entreprise ambitieuse, ce n'était pas une petite aventure. Je ne peux pas tourner la page comme ça, juste pour sauver ma peau. Je dois savoir ce qu'il attendait de moi, et ce que je dois faire aujourd'hui. Pour lui. Pour moi. Même sans lui.

– Vous vous lancez dans une voie sans issue, ma petite Lola, permettez-moi de vous le dire. Il n'est plus là. Il ne sera plus jamais là. Ne liez pas votre avenir à un mort.

Lola en eut la gorge serrée, elle n'avait pas prononcé le mot « mort » jusqu'à ce jour.

Après un long silence, Camille reprit :

– Lola ? Vous êtes là ? Vous êtes toujours en ligne ?

– Je suis là. Moi, je suis là, je suis encore là, oui…, répondit Lola dans un râle. S'il vous plaît, ne me laissez pas dans mon isolement. Je vous en prie.

Camille finit par lui donner les numéros de téléphone de Margarita et de Guenola, elle n'avait pas celui de Missy.

Lola raccrocha, moulue comme si elle venait de gagner un match de boxe.

Elle appela Margarita en premier. Elle subodorait que ce serait le moins difficile. Elle trouva un répondeur et laissa un message simple et clair. Elle ne laissa pas de numéro pour qu'on la rappelle, dit seulement qu'elle rappellerait le lendemain matin. Mais à la nuit tombée, elle n'y tint plus et refit le numéro.

Margarita répondit elle-même.

– *¡ Diga !*

– Je suis Lola.

– Ah. Bonjour Lola.

– C'est Camille qui m'a donné votre numéro.

– Camilla Fernandès ? *¿ Qué pasa ?*

– Rien. Elle va bien. Enfin… elle va. Ne vous inquiétez pas. C'est moi… J'ai besoin de vous voir.

– De me voir ? Moi ?

– Je sais que vous comptiez beaucoup dans la vie de Thomas.

Margarita ne répondit pas.

– Si. Je le sais. Il était chez vous avant de venir chez moi.

Lola entendit des bruits de fond. Des voix.

– Je vous dérange ? Voulez-vous que je vous rappelle plus tard ?

– Attendez une minute.

Lola entendit qu'on fermait une porte, puis une autre. Margarita revint au téléphone.

– Que voulez-vous savoir ?

– Rien de spécial. Je veux comprendre ce qu'il voulait. Ce qu'il faisait avec moi. J'ai besoin de savoir qui il était.

– À quoi ça vous servira ? Vous espérez atténuer votre

chagrin ? Ou votre culpabilité ? Vous voulez démolir son image pour moins souffrir, c'est ça ?

– Ne soyez pas brutale, ce n'est pas votre nature, il m'a parlé de vous.

Elle avait dit les mots qu'il fallait. Margarita lui expliqua où elle était, non loin de Santander. Il fallait trois bonnes heures pour arriver chez elle depuis le Gers, elle le savait parce qu'elle avait accompagné Thomas jusqu'à Agen.

– Alors il vous a parlé de moi ?

– Non. Nous avions un pacte : pas de questions, pas de mensonges. Donc il ne m'a rien dit. Excusez-moi, ce n'était pas la première fois que je l'accompagnais quelque part sans savoir chez qui il allait.

– Vous auriez pu le déposer au train.

– Je remontais vers Angoulême, c'était mon chemin.

Lola commençait à dévider la pelote des mystères. Elle se demanda un instant si Camille n'avait pas raison, s'il ne valait pas mieux faire marche arrière. Mais une force profonde la poussait à aller plus loin, comme si sa propre vie en dépendait.

– Je viendrai vendredi, est-ce que ça vous convient ?

– Appelez-moi sur la route. Je vous dirai où nous nous retrouverons.

La pensée de faire tous ces kilomètres n'enchantait pas Lola. Elle pensa une minute demander à Félicien de l'accompagner, au prétexte de lui faire visiter ce grand port de pêche, mais elle ravala aussitôt cette velléité abusive. Félicien était brave, disponible, et pour cette raison elle devait cesser de disposer de lui. Elle se demanda seulement si elle supporterait le soleil dans le pare-brise, malgré les lunettes fumées. Les médicaments qu'elle continuait à prendre affectaient sa vue, des éblouissements inattendus éclataient dans son champ de vision et pouvaient provoquer des somnolences, lui avait dit le médecin. Tant pis. Elle irait doucement, sa voiture ne permettait guère de grandes vitesses de toute façon. Elle partirait tôt, et au retour dormirait quelque part sur la route si elle était gênée par les phares.

Ce projet la rendait fébrile, au point que Brigitte se demanda si elle ne picolait pas en cachette. Pourtant aucun alcool ne manquait ni ne baissait de niveau dans les bouteilles. Lola soupçonnait qu'on la gronderait d'entreprendre ce voyage, dans son état, et elle ne se confia à personne.

– Vous pouvez dormir chez vous ce soir, ma chère Brigitte. Je me sens bien. Rentrez chez vous, je vous assure. D'ailleurs il faut qu'on reprenne un rythme normal. Je ne sais pas comment je vais vous payer toutes ces heures supplémentaires.

– Vous ne me devez rien du tout. C'est plus que normal, voyons, avec tout ça.

Brigitte remercia pour la soirée libre, son neveu devait justement passer, il vit à Pau et elle le voit rarement, aux mariages et aux enterrements… Elle rougit, craignant d'avoir fait une gaffe. On ne parle pas de corde dans la maison d'un pendu.

Lola l'embrassa sur les deux joues et lui proposa de prendre des légumes dans le potager, ils vont s'abîmer.

Le vendredi matin elle se leva très tôt. Elle n'avait pas repris le volant depuis les événements, sa guimbarde n'était pas aussi confortable que la Renault de Félicien avec laquelle ils étaient montés à Paris. Elle la sortit du garage, ferma la maison, et fila vers l'autoroute sans faire le plein chez le pompiste du village, de crainte de rencontrer quelqu'un, même à cette heure matinale. Elle partait comme une voleuse, têtue et frondeuse. Elle allait à la rencontre de la vérité, elle allait à la rencontre de Thomas, dans le regard d'une femme qui l'avait aimé. Ou peut-être haï ? Elle le découvrirait bien vite. L'enjeu lui donnait des ailes. Elle fuyait la sagesse sirupeuse dont on la badigeonnait depuis trois semaines maintenant, son escapade en Espagne la rendait à elle-même, curieuse, indépendante et active.

Mais fatiguée. Elle pouvait juger de la différence avec ses voyages passés. Elle se sentait tendue au volant, elle qui adorait conduire et qui d'habitude alignait les distances sans effort. Une raideur s'était installée entre ses omoplates et dans le cou. Le chagrin l'avait ankylosée. Elle se voyait faire les gestes, elle était assise à côté d'elle-même, lucide et désarmée. Madame la douleur, vous occupez beaucoup de place. Vous ne me laissez pas respirer.

Les paysages landais répétaient leur glabre monotonie, même le vert du Pays basque avait pâli, écrasé par le soleil aveuglant. Elle n'avait pas de climatisation dans cette vieille voiture, et pour la première fois elle le regrettait, elle avait toujours préféré la vitre ouverte. Elle s'arrêta pour prendre de l'essence, et boire un café. Tout lui coûtait un effort. Les mouvements les plus simples nécessitaient sa concentration, comme si elle avait tout oublié. Soulever le bec de la pompe, ouvrir le bouchon du réservoir. Les automatismes s'étaient mués en labeur. C'est bien ça, la dépression, on ne sait plus vivre. On s'affole pour un rien. Elle transpira en allant payer à la caisse, trembla pour sortir sa carte bleue et retrouver son code, heureusement écrit sur un coin de son carnet. Depuis presque un mois Félicien, Brigitte et les autres la soulageaient de tous les tracas journaliers, et elle s'était laissé porter, petite princesse gâtée. Elle s'inquiétait maintenant pour le futur. Retrouverai-je mes moyens ? Resterai-je diminuée ? Les forêts alentour dépeuplées par la grande tempête lui rappelèrent un arbre brisé, et l'écho d'un craquement sinistre suivi d'un cri qui martèle encore ses cauchemars. Elle dut s'asseoir sur un banc un moment avant de reprendre la route, foudroyée d'inquiétude. Elle apprenait à se ménager, à avoir pitié d'elle-même. Mais elle ne lâcherait pas. Elle irait au bout de son projet.

La frontière est symbolique, on passe quasiment sans s'arrêter. Lola ne put s'empêcher de penser que les terroristes basques n'avaient aucune difficulté pour venir se réfugier dans nos montagnes béarnaises. Le paysage en Espagne n'était pas tout à fait le même qu'en France, plus désolé, mais l'autoroute était identique, mêmes couleurs de panneaux, même revêtement, lisse comme de l'eau. L'Europe des routes, ça existe. Plus loin, sur la côte, les constructions se multipliaient, et la même lèpre des villes entourait Bilbao, puis Santander, avec les échangeurs en boucle, les centres commerciaux et les jardineries géantes.

Lola prit la sortie que lui avait indiquée Margarita vers la plage El Sardinero, où elle lui avait donné rendez-vous. « Vous mangerez du bon poisson », lui avait-elle promis. La mer était calme, des petits rouleaux venaient mourir sur les plages de cette vaste baie inscrite au patrimoine de l'Unesco. Lola s'était munie d'une carte pas très récente, mais elle trouva sans difficulté.

Il était midi. Elle appela Margarita, comme convenu.

– Le restaurant s'appelle Mario. Attendez-moi, je suis encore au bureau. Je n'arriverai pas avant une heure.

– Vous travaillez ? Je suis désolée, je ne…

– Ne vous faites pas de souci, je vais me baigner tous les jours à l'heure du déjeuner. Avec cette chaleur… Il fait chaud comme ça, en France ?

– Il fait très chaud. Prenez votre temps, je vous attends.

Le bistrot était sur la plage, une fausse paillote construite en dur, avec une terrasse surélevée, contre les vagues hautes de l'hiver. La plage était courte, une anse délimitée par des rochers bas, au-delà desquels on voyait les nombreux autres établissements balnéaires alignés sur la longue plage. Peu d'enfants par ici, heureusement, on entendait leurs cris depuis les plages avoisinantes. Ce restaurant était fréquenté par des adultes en tenue normale, pas des familles en maillots de bain et tongs ensablées. Un lieu de déjeuner pour les employés de la ville, non loin.

Un peu étourdie par les heures de route, elle choisit une table à l'ombre et commanda une bouteille d'eau pétillante pour prendre ses médicaments avant que Margarita n'arrive. Elle était anxieuse, comme avant un examen ou une interview télévisée. On l'envoyait souvent dans les émissions culturelles parler des ouvrages publiés par les équipes d'historiens, justement parce qu'elle n'avait pas le trac et qu'elle présentait bien. En réalité elle se rongeait intérieurement sans le laisser paraître. Cela la ramena à ses affres d'étudiante, quand elle affrontait les oraux. Elle avait su depuis que sa panique l'avait servie, qu'elle était « craquante » quand elle se lançait ainsi tête baissée, aucun professeur ne lui résistait.

Aujourd'hui, elle est sur le deuxième versant de sa vie, celui qui descend. Sa vie aurait pu s'arrêter là. En vérité, elle s'est arrêtée. Les démarches actuelles sont du luxe, de l'habillage. Un luxe de femme enfoncée dans une solitude qui ne datait pas de ces dernières semaines. Elle avait espéré que cette solitude cesserait, que Thomas changerait la donne. Qu'avait-elle attendu de lui ? Que voulait-il ? Elle retournait ces questions dans sa tête. De quelque part viendrait bien une lumière.

Margarita arriva à une heure et quart. Lola eut du mal à la reconnaître, avec ses cheveux roux flamboyant fraîchement teints. Elles s'embrassèrent.

– Vous êtes à l'eau. On va boire un peu de vin, non ?

– Pas trop. Je conduis.

– Vous avez trouvé facilement ?

– Assez. Je n'ai pas de GPS, mais je me suis débrouillée.

– Enlevez vos lunettes, que je voie vos yeux.

Lola prit cela comme un reproche, et elle réalisa tout à coup qu'elle avait en face d'elle une rivale, une femme qui la regardait avec les yeux d'une rivale. Elle se demanda de quoi elle avait l'air, elle n'y avait pas pensé une seconde, elle était une ruine. Déjà pas très coquette avant, elle s'était totalement abandonnée depuis la catastrophe.

Elle enleva ses lunettes et passa la main dans ses cheveux épars. « J'ai l'air d'une sorcière », pensa-t-elle.

Margarita l'observait, cherchant à deviner son âge.

– Je suis de votre génération, dit-elle. Pas commode, hein ? Nos aînées ont fait 68, elles sont fortes. Nous, on patauge.

– Je ne pataugeais pas, avant.

– Si, vous pataugiez. Sinon vous n'auriez pas rencontré Thomas. Voulez-vous commander ? Il y a des anchois frais grillés ici, ils sont délicieux.

Margarita commanda au patron, qu'elle connaissait visiblement, dans un espagnol pétaradant qui échappa à Lola, malgré ses notions de la langue. Puis elle sortit un paquet de cigarettes de son sac en toile.

– On peut fumer ici, ce n'est pas comme chez vous. Je peux ?

Lola fit signe que oui, et imagina Thomas, non fumeur, près ce cette femme grande fumeuse, sa peau tannée en témoignait.

– Je n'ai jamais fumé, dit Lola, je n'ai aucun mérite. Thomas non plus, n'est-ce pas ?

– Thomas ! Il fumait comme un pompier quand je l'ai connu. Son frère lui procurait des joints, il fournissait toute la fac.

– Vous vous êtes connus à la fac ?

– Non. Dans un cours d'arts martiaux. Il était très doué. Violent, parfois, son maître tentait de lui montrer comment endiguer sa force. Et sa colère.

– Sa colère ?

– Thomas était fâché contre le monde. Vous ne l'avez pas connu ainsi. Il se dominait.

– Vous êtes sportive ?

– Non. J'ai tout arrêté. Je travaille dans la banque. Ça vous étonne ?

– Rien ne m'étonne. Depuis quelque temps, j'ai appris à ne pas me fier aux apparences. C'est difficile de deviner ce que les gens pensent, ce qu'ils font. Les signes extérieurs sont trompeurs.

– Je n'ai pas l'air d'une employée de banque ? J'ai l'air de quoi ? D'une avaleuse de sabres dans un cirque ? D'une plasticienne déjantée ? D'une maquerelle ?

Lola but une gorgée de vin blanc, il était fort et lui arracha le gosier.

– Je n'ai plus l'habitude de boire du vin, depuis... Mais celui-ci est très bon.

– Vin du pays. Âpre comme les gens d'ici. Pas pour les petites natures.

Lola comprit qu'elle devrait supporter l'agressivité de cette femme. Elle aurait pu s'en douter. C'était elle qui avait des questions à lui poser : Que s'était-il passé au juste cette nuit-là ? Qui était-elle, comment avait-elle obtenu que Thomas vienne chez elle, lui qui bougeait difficilement de chez lui, sauf pour aller au bout du monde ?

– Commençons pas le début, vous voulez bien ? dit Lola. Vous connaissiez Thomas depuis longtemps ?

– Depuis le lycée, je vous l'ai dit. Nous habitions dans le même quartier, vers la Porte de Clignancourt, à l'époque. Quand ils ont déménagé, enfin quand ils ont été virés, je suis partie avec lui.

– Virés ?

– Ça commençait déjà, avec Sébastien, son frère. La police l'avait repéré. Camille avait été convoquée au commissariat plusieurs fois. C'était un enfer pour elle.

– Trafic, larcins ?

– Pas seulement. Des filles travaillaient pour lui.

– Des filles ! À son âge ! Il était plus jeune que Thomas, non ?

– Dans les cités on cesse d'être un enfant très tôt. Sébastien était chef de bande à treize ans.

– Avec Thomas ?

– Non, Thomas était brillant en classe, il voulait aller à l'université. Mais il fermait les yeux sur les activités très lucratives de son frère. Camille avait besoin de cet argent. Pour payer les études de Thomas, entre autres. Quand on a le malheur d'habiter là, on n'a pas beaucoup de possibilités d'en sortir. Camille cachait son adresse à ses employeurs, pour continuer à travailler. Vous ne connaissez pas tout ça, vous. Vous êtes une bourgeoise.

– Ne m'attaquez pas. J'ai eu mes problèmes. Chacun reçoit son lot, croyez-moi.

– Je ne vous attaque pas. Je veux surtout que vous sachiez que Thomas s'en fichait. Il n'était pas avec vous pour ça. Il était dans un autre trip, bien au-delà de ça.

– Je sais. Je n'ai pas eu la chance de le côtoyer longtemps, hélas, mais notre relation était… intense. J'ai pu voir qu'il n'était pas un homme comme les autres.

– Pas comme les autres, oui. Brut de décoffrage.

Lola avait remarqué que Thomas n'avait aucunes manières, il tenait sa fourchette à ras le manche, les doigts à fleur de nourriture, il ne disait pas bonjour, n'engageait aucune des conversations banales qui créent du lien entre les gens, ces phrases sur les prévisions du temps, sur les activités de saison, les petits événements locaux. Il était abrupt et impatient. Le babil domestique l'irritait. Les mots sont faits pour dire, non pour occuper l'air ou faire du bruit avec la bouche. Elle s'amusait de son tranchant. Elle se figurait ainsi les grands artistes, pressés, rébarbatifs et grognons. Ce n'était pas la preuve absolue du génie, mais de nombreux créateurs sont célèbres pour leur mauvaise humeur. Leur hâte. Ne pas perdre de temps. Ne pas diluer son énergie dans les futilités. Thomas avait-il eu l'intuition de son destin tragique ? Avait-il senti qu'il aurait peu à vivre ? Cette fringale de sexe en était-elle le signe ?

Les anchois arrivèrent, fumants. Ils étaient d'une taille exceptionnelle et ne propageaient pas l'odeur âcre et tenace des sardines grillées au feu de bois. Ils étaient charnus et roses à l'intérieur, cuits à point.

– Je vais en rapporter à mon jardinier, c'est un passionné de pêche, vous pensez que je peux en acheter quelque part ?

– On va demander à Mario de vous en vendre quelques-uns. Votre jardinier est le monsieur qui est venu avec vous à Bagneux ?

– Oui. C'est un homme formidable. Il est très affecté lui aussi. Il était avec Thomas quand l'arbre…

– Il vous a raconté ce qui s'est passé ?

– Non, pas à moi. Je ne peux pas… pas encore. Il a tout raconté au commissaire Dorieux qui devait faire un rapport. Quand il y a un accident mortel, il faut faire une enquête.

– Oui. Ici aussi. Mais c'est très mal fait. On envoie les deuxièmes couteaux sur ces dossiers-là. On peut leur raconter n'importe quoi.

– Félicien, c'est mon jardinier, est un homme scrupuleux. D'une honnêteté à toute épreuve. Il est pompier bénévole en plus. On l'appelle de tous les côtés pour enlever les nids de guêpes ou de frelons, pour attraper les vaches qui se sauvent, ou descendre un chat coincé en haut d'un arbre. Il dirige les marcheurs vers les haltes aménagées, accompagne les petites vieilles de la maison de retraite à la messe. Il est la bonne âme du village.

– Vous l'aimez bien.

Lola n'avait jamais songé à nommer ce que Félicien

lui inspirait. De l'estime, de l'amitié, certes, et maintenant de la reconnaissance. Il était une entité, une valeur, mais pas un homme, avec deux jambes, deux bras, un corps et un sexe. Elle ne le regardait jamais comme un homme. Elle l'assimilait à un chêne, un mur, ou aux pierres moussues du gué de l'étang. Une forme solide et amie, sur laquelle on peut s'appuyer.

– Je l'aime bien, c'est vrai. Je lui dois beaucoup. On a beau dire que les femmes peuvent tout faire aujourd'hui, il y a encore des domaines…

Elle entend une voix intérieure, la voix de Thomas, qui lui dit : « Tu n'as pas fini avec ces fadaises, ces lieux communs ? » Il était sévère avec elle, il la voulait précise et affilée comme le diamant. Pas de bla-bla, pas de phrases creuses. La vérité épurée. Comme leur amour. Comme leurs coïts.

– Thomas ne l'aimait pas. Je crois qu'il ne l'aimait pas. Le courant ne passait pas entre eux. Je me demande ce qu'ils se sont dit pendant les dernières minutes, pendant que je suis allée chercher un outil dans la cabane au bout du jardin. Félicien était forcément le chef, dans la situation où ils se trouvaient. Il savait ce qu'il fallait faire. Thomas était obligé de lui obéir.

– Obéir. Son point faible. Il refusait d'obéir. Il y a toujours un moment où il faut obéir.

– Je sais. Moi, j'obéissais. J'étais heureuse d'obéir.

– J'ai obéi pendant des années, et puis je me suis éloignée. J'ai rencontré mon mari et je suis venue ici.

– Vous êtes mariée ?

– Je suis mariée. J'ai un petit garçon. Mais je n'ai jamais cessé de voir Thomas. Ça vous surprend ? Le mariage n'est pas une prison. On ne peut plus s'enfermer dans une union maintenant. Ni les hommes, ni les femmes. Ni les enfants.

– Vous aviez une relation… d'amitié avec Thomas.

– Non. Nous étions amants. Nous faisions l'amour, si c'est ça que vous voulez savoir.

Un silence.

– C'est ça que je voulais savoir.

– Il m'a appelée de chez vous. Plusieurs fois. Nous étions convenus de nous retrouver à Bordeaux.

Lola a un hoquet. Elle le cache dans sa serviette, mais elle est au bord du vomissement. Pendant qu'ils se dévoraient frénétiquement dans son lit, il songeait à une autre femme, il planifiait un autre épisode amoureux avec une autre femme. Elle est éperdue. Elle ne peut pas le croire. Ce n'est pas vrai. Cette femme se trompe. Il avait changé d'avis. Il s'était amouraché d'elle, il était bouleversé, comme elle. Cette femme catégorique n'a pas assisté à leurs jours et leurs nuits enfiévrés.

– Je ne sais pas. Il ne serait peut-être pas venu vous rejoindre à Bordeaux.

– Oh si, il me revenait toujours. Vous comprenez, je ne demandais rien, moi.

– Qu'y avait-il entre vous, Margarita ?

– La voilà, la question ! Vous avez fait tout ce voyage

pour me poser cette question. Je ne voudrais pas vous chagriner, mais je vous ai menti. Je savais exactement ce qu'il faisait avec vous. Il me le racontait heure par heure. J'ai une dizaine de mails qui datent des jours qu'il a passés chez vous. À Paris, il m'avait déjà raconté votre rencontre, et nous avons décidé ensemble qu'il passerait quelques jours cet été avec vous. Qu'il viendrait d'abord chez moi, puis qu'il resterait une semaine chez vous.

– Je ne suis pas la première femme qu'il vous imposait…

– Il ne m'imposait rien. Nous étions très libres. Je ne crois pas au couple fermé, moi non plus. Il faut avoir du caractère, pour accepter cela. On est jaloux, on a de mauvais réflexes, on est conditionnés par des siècles de monogamie. Vous étiez une femme du passé, Thomas était agacé mais il vous tolérait parce qu'il vous trouvait entière, sincère. Mais il ne serait pas resté longtemps, vous savez.

– Qu'est-ce qui vous fait dire ça ?

– Lui. Il me l'a dit.

Les larmes montent aux yeux asséchés de Lola.

– Vous dites cela pour me faire du mal. Parce que vous pensez que je suis pour quelque chose dans la disparition de Thomas. Mais il ne vous a peut-être pas tout dit. Il m'a parlé pendant des nuits. Pourquoi aurait-il pris cette peine s'il pensait que notre histoire était sans importance.

– Je n'ai pas dit qu'elle était sans importance. Toutes les histoires de Thomas étaient importantes. Je dis que vous n'auriez pas échappé à son tempérament. Il séduisait, et puis il asservissait. Il exploitait même. La jeune femme que vous avez vue au cimetière, la jeune Noire, travaillait pour lui. Elle se prostituait pour lui. Pas pour l'argent, mais pour lui raconter. Pour oser des relations extrêmes. Il ne serait pas resté éternellement dans votre petit tête-à-tête, aussi fougueux qu'il ait été. Thomas était un garçon brûlé, amianté. Il lui fallait des sensations fortes. Et aucun sens de l'humour. J'arrivais à le faire rire. Je me moquais de son sérieux. Il m'aimait pour cela. Je ne me démoralisais pas. Notre liaison n'était pas sombre. Thomas était sombre, pas moi. Mangez, ça vous fera du bien.

Lola avait calé au deuxième anchois, elle prévoyait de régaler un gros chat noir qui la fixait depuis le fond de la salle. Manger ne lui procurait pas de plaisir, son goût était en suspens, en quarantaine. Elle craignait de s'assoupir après manger, elle avait pris des habitudes de siestes prolongées ces derniers temps, pour occuper les heures, pour cuver les médicaments, pour ne pas revoir les scènes ardentes qui avaient marqué tous les coins de son jardin, de sa terrasse et de la maison.

– Je ne m'en remets pas, vous savez, finit-elle par dire dans un soupir. Je ne sais pas ce que je vais devenir.

Margarita eut le premier geste amical, elle posa sa main sur celle de Lola en disant :

– On ne peut pas s'en remettre. C'est ignoble, la mort. Ça m'indigne, ça me met hors de moi. C'est inacceptable.

– Les croyants l'acceptent. Je suis comme vous, je n'y arrive pas. Je vous remercie d'avoir accepté de me rencontrer. Je… ce sera très utile. Tout ce que j'apprends m'est utile.

Margarita alluma une cigarette et se renversa sur sa chaise dans un mouvement disgracieux.

– Je ne vous imaginais pas comme ça. Je vous voyais plus dure, plus blonde. Les femmes qui ont intéressé Thomas étaient très différentes les unes des autres. Il y a trois ans, il est revenu du Cambodge avec une petite Cambodgienne. Une noiraude pas très jolie. Impressionnante au lit, me disait-il. Il l'a larguée assez vite, le salaud. Il l'a refilée à un collègue, je crois. Un type qui cherchait une assistante à tout faire, si vous voyez ce que je veux dire. Thomas ne se sentait jamais coupable de rien. Il disait que les femmes sont responsables et décident de leur vie. Qu'il ne faut pas les infantiliser. Il passait à autre chose, les amours ne lui suffisaient pas. C'est difficile à expliquer.

– Je l'avais compris. Mais je suppose que certaines femmes ont compté plus que d'autres. Avez-vous connu Guenola ? Et Missy ?

Margarita ferma les yeux, et marqua un temps. Puis :

– Vous allez les voir ?

– Je ne sais pas. Peut-être.

– Vous avez commencé par moi ?

– Oui.

– Pourquoi ?

– Vous n'étiez pas loin. Et puis vous êtes la dernière qui l'ait vu. Avec moi.

– Lola, arrêtez tout ça. Ça ne sert à rien. Vous ne le ramènerez pas, et vous abîmerez l'idée que vous vous faites de lui. Je vais ajouter quelque chose. Thomas jouait avec le feu. Tôt ou tard ça lui serait retombé sur la figure. Comme Pasolini, vous voyez, on va de plus en plus loin et on finit broyé par le mécanisme même qu'on a enclenché. Je ne le voyais pas mourir dans son lit, Thomas, je pense qu'il cherchait une mort violente, il attirait la foudre. Cet arbre n'est pas tombé par hasard. Partout où il allait, la terre tremblait. Il ne marchait pas dans les clous. Un jour ou l'autre ça devait craquer.

Lola écoutait avec émotion la femme rousse et commune qui était en face d'elle. Elle avait la sagesse populaire qui lui faisait défaut à elle, cette bonne grosse philosophie qui aplatit les faits mais leur donne un sens simple et compréhensible. La fatalité n'a pas d'explication, on l'accepte ou on ne l'accepte pas, les gens simples l'acceptent. Tous les proverbes, dictons et légendes servent à cela. Courber l'échine devant ce qu'on ne maîtrise pas.

– Un sapin qui s'écroule n'est pas un bataillon de délinquants à Fiumicino. C'est la main de Dieu, si vous voulez, mais Thomas n'y est pour rien.

– Qu'en savez-vous ? Il avait peut-être courroucé le Ciel, en parjure sans foi ni loi qu'il était.

Lola se demanda si Thomas avait pratiqué avec Margarita l'amour à plusieurs, comme il le lui avait demandé à elle, à maintes reprises. Sans compter le dernier soir… Le cœur du problème était là, dans le passé de Thomas. Cette demande était-elle destinée à elle seule, ou Thomas était-il tout simplement un érotomane, qui se servait de la philosophie pour justifier son penchant ? Elle ne savait plus comment présenter la question, cette question brûlante qui l'avait amenée à avaler tous ces kilomètres.

La question jaillit comme un bouchon de champagne :

– Thomas avait-il fait l'amour avec deux femmes en même temps ?

– Deux, trois, quatre. Les partouzes le dégoûtaient, il privilégiait les réunions composées par lui, avec des gens qu'il choisissait.

Margarita avait dit cela avec une décontraction suffocante. Lola se sentit une oie blanche entrée dans un monde d'ogres. Elle découvrait des allées parallèles et nombreuses. Elle avait entendu parler des parties fines auxquelles se livrent les notables de toute la France, la presse nous abreuve de ces tableaux agrémentés de détails croustillants, mais elle n'avait jamais réalisé que cela existait vraiment, que c'était très répandu. Elle était tombée au hasard d'Internet sur des sites pornographiques, des sites de rencontre et de commerce sexuel, mais elle ne s'était pas attardée, elle trouvait cet univers grossier et peu ragoûtant. Tellement loin d'elle, irréel. Quelques malades s'exhibent et se masturbent. Pas très passionnant. Pour la première fois elle se sentait concernée. Un homme avait poussé cette porte. En entrant dans ces catacombes elle s'apercevait qu'elle n'était pas seule, une foule l'accueillait, des visages connus, des amis, des voisins ? Cette femme, en face d'elle ? Ce couple, à la table voisine ? Ce monsieur au comptoir, qui la regarde depuis tout à l'heure, ces quatre jeunes gens qui s'esclaffent bruyamment ?

La tête lui tourne. Le vertige la guette. Elle boit une gorgée d'eau et lève les yeux vers Margarita :

– Je n'ai pas… j'ignore tout de ces…

– Pas de quoi fouetter un chat. Il y a un moment où il faut se rhabiller et aller dîner !

– Vous êtes une femme positive. Je comprends pourquoi Thomas vous appréciait.

– Il m'en a fait voir de toutes les couleurs, vous savez. Mais j'étais amoureuse, que voulez-vous. Je suis espagnole ! Catalane ! Et puis quand on est pauvre, on n'a que l'amour ! Et le sexe ! Vous avez remarqué que c'est le seul divertissement gratuit de nos jours ? Même l'iode qu'on respire en se promenant sur une plage, on vous le fait payer !

– Il est tard. Il faut que je rentre. Vous retournez au bureau ?

– Non. Les banques sont fermées ici l'après-midi. Je vais aller me baigner. Ça vous tente ?

– Non merci. J'ai une longue route. Je voudrais arriver chez moi avant la nuit.

Margarita insista pour payer l'addition. Elles s'embrassèrent et se quittèrent sans se dire « à bientôt ».

Lola roula durant quelques kilomètres, puis elle s'arrêta sur une aire de repos, allongea le siège et s'endormit lourdement.

11

Elle allait sortir de l'autoroute pour s'engager sur la départementale vers Mont-de-Marsan, quand deux voitures de police avec gyrophares l'entourèrent et lui barrèrent la route en la sommant de s'arrêter. Il faisait déjà nuit, elle se demanda ce qu'elle avait fait de mal, ses phares étaient bien allumés, et sa ceinture bouclée.

Les gendarmes, au nombre de quatre, s'approchèrent de sa portière.

– Vos papiers.

Elle chercha dans la boîte à gants, un peu nerveuse.

– Que se passe-t-il ? Qu'est-ce que j'ai fait ?

– Le véhicule vous appartient ?

– Oui.

– D'où venez-vous ?

– Je reviens d'Espagne. Je vais chez moi. Que voulez-vous ?

– Un avis de recherche a été lancé sur votre voiture. Nous avions votre numéro de plaque. Vous devez nous suivre.

– Un avis de recherche ? Sur ma voiture ?

– Quelqu'un nous a donné ce signalement.

Lola comprit en une seconde. Félicien, inquiet de son absence et de ne pas voir sa voiture dans le garage, avait lancé un appel aux gendarmes. Cela lui ressemblait. Elle aurait dû le prévenir. Ou laisser un mot. Pourquoi n'avait-il pas essayé le portable ? Elle sortit son iPhone et vit trois messages en attente. En Espagne, la messagerie ne passait pas. Elle en fut furieuse, mais attendrie par la démarche de Félicien, geôlier de fortune. Maintenant il lui fallait se débarrasser de ces messieurs.

Elle expliqua son cas, elle était partie tôt sans le dire à son personnel, ils se sont fait du souci, parce qu'elle est fragile en ce moment, elle a perdu quelqu'un récemment lors de la dernière tornade. Les gendarmes se souviennent, c'était dans tous les journaux, excusez-nous madame, mais soyez prudente, et dites à ce monsieur de garder son calme à l'avenir, on n'appelle pas la maréchaussée pour un oui ou pour un non.

– Je vais l'appeler, vous lui direz vous-mêmes.

Félicien répond à la première sonnerie :

– Alors Félicien, vous appelez les flics dès que je fais un pas dehors maintenant ?

– Mademoiselle Lola ! Où êtes-vous ? On s'est fait un sang d'encre !

Lola passa le téléphone au brigadier, qui s'entretint avec Félicien avec le même accent du Sud-Ouest, cet accent rocailleux que Lola avait trouvé ridicule les premiers temps et qu'elle adorait aujourd'hui.

– Bon. Vous avez de la chance, madame. Si on vous avait interpellée en Espagne, vous auriez passé la nuit au poste, avant que les vérifications soient possibles. En tout cas, vous êtes surveillée, chez vous ! Vous pouvez les remercier.

Bien sûr qu'elle les remerciera. La gratitude a remplacé l'irritation de tout à l'heure. Elle salua les gendarmes un à un, les invita à « boire un coup chez elle quand ils passeront dans son coin », et elle repartit avec un sourire épuisé, la fatigue de toutes ces émotions imprimée sur le visage.

La porte du garage était ouverte, la lumière allumée. Félicien, prévenant, avait pensé faciliter son retour, lui éviter les manœuvres dans le noir. Elle sortit de la voiture avec peine, les jambes en coton. En rentrant dans la maison, elle passa devant la souche du sapin : une grosse jarre en terre cuite trônait dessus, débordante de pétunias blancs à peine plantés. Un pincement de contrariété lui piqua le plexus. « Je ne veux pas de ces fleurs, d'abord je les déteste, elles font jardin public, et puis je veux voir la trace de cet arbre, je n'ai rien demandé, ça suffit, il en fait trop, il va falloir que je sévisse. »

Elle dormit assez correctement, et à son réveil, il lui sembla qu'elle était plus alerte. La conversation avec Margarita avait été dure, mais salutaire. C'est l'inconnu qui est néfaste, la réalité est supportable, même quand elle est déchirante. On accuse le coup, puis on se redresse, groggy mais bizarrement renforcé. Il faudra maintenant décanter le fiel qu'elle a absorbé, faire la part des choses, déminer les paroles vengeresses, les intentions perfides. Margarita n'est pas une mauvaise femme, elle est certainement malheureuse de la disparition de Thomas, mais elle a des raisons de couver des rancœurs. Lola s'attendait bien à recevoir des flèches empoisonnées de ces femmes. Elle avait un avantage sur elles : elle avait été la dernière, elle les avait toutes coiffées sur le poteau, et elle avait été aimée. Ce vagabond de l'amour l'avait choisie. À sa manière, il l'avait aimée.

Un bruit de tracteur attira son oreille : Félicien n'était pas loin. Elle se leva, fit sa toilette, enfila une robe légère, car la canicule était déjà entrée dans la maison. Puis descendit dans la cuisine où le café l'attendait. Brigitte était là, un balai à la main.

– Vous nous en avez fait, une frayeur, Lola ! On a pensé qu'on vous avait enlevée, ou que vous aviez de mauvaises intentions, je ne sais pas ! Félicien m'a passé un savon parce que je ne suis pas restée dormir, comme vous m'aviez dit. Il veille sur vous comme si vous étiez sa fille, ma parole ! Tiens, le voilà.

Lola essaya de prendre un air courroucé, mais devant la mine piteuse du jardinier, ce fut impossible.

– Qu'est-ce qui vous a pris, Félicien ? Vous ne croyez pas que vous exagérez un peu ? Je suis une grande fille, je suis un peu affaiblie, d'accord, mais je tiens debout, quand même ! Je peux conduire, je sais où je vais, ce que je fais !

– Pardonnez-moi, Lola. J'étais si étonné que vous ne me disiez rien, que vous partiez comme ça, sans laisser d'instructions, sans prévenir Brigitte. C'est elle qui m'a appelé. Je suis venu tout de suite. Je vous ai téléphoné. J'ai laissé des messages. Après le déjeuner, je suis revenu. Comme vous n'étiez pas rentrée je me suis inquiété, j'ai appelé la gendarmerie. J'ai dit : « Cherchez cette voiture, une Toyota grise. » Je me souvenais du numéro, c'est moi qui l'avais donnée au contrôle technique, vous vous rappelez ? Il ne faut pas m'en vouloir, il se passe tant de choses par les temps qui courent, les enlèvements, les vols, les bandits de tout poil… Et puis je me faisais du souci, je ne suis pas tranquille quand vous êtes toute seule…

– Félicien, je suis souvent seule dans cette maison, il me semble, heureusement vous ne vous agitez pas chaque fois. Et vous allez m'enlever cette potiche grotesque sur le pied du sapin, s'il vous plaît. Je vous prie d'attendre mes ordres, à l'avenir.

Elle sentit qu'elle avait été un peu sèche, et elle enchaîna :

– Venez prendre un café et n'en parlons plus.

Félicien était rougissant comme un collégien. C'était la première fois que Lola le grondait. Il but son café en silence. Brigitte lui fit compliment de ses tomates, qu'elle avait cuisinées hier, farcies au riz. L'atmosphère se détendit un peu. Lola lança :

– Félicien, je vais peut-être me baigner cet après-midi, avec cette chaleur. N'oubliez pas d'appeler les plongeurs de Greenpeace.

Ils rirent tous les trois, et chacun retourna à ses activités.

Lola remonta dans la chambre du haut où Thomas s'était installé pour écrire. Son ordinateur était toujours là, personne ne l'avait réclamé. Lola avait évité d'y toucher jusqu'ici, mais les dires de Margarita éveillaient sa curiosité, elle s'en approcha et l'ouvrit d'une main tremblante.

Tous les mails envoyés étaient bien là, criants, datés, irréfutables. Tout ce qu'avait dit Margarita était vrai. Quand Thomas montait pour travailler, il envoyait de nombreux mails, principalement à Margarita, qu'il appelait « mon cœur de margarine ». Il y en avait d'autres, plus brefs, des saluts codés, des confirmations de rendez-vous, des volées de baisers, de *baci*, de *besos*, de *kisses*. La boîte fourmillait de messages, Thomas entretenait les liens avec des dizaines de personnes, des femmes mais aussi des amis, des collègues. Il n'était pas le solitaire qu'il paraissait. Quant aux confidences sur Lola, il n'en faisait qu'à Margarita, crues et circonstanciées.

Lola ferma l'ordinateur, le cœur battant la chamade. Elle se dit qu'elle devait se ménager, qu'après la journée d'hier elle n'était pas de taille à avaler cette nouvelle cascade d'informations, dans quelques jours elle regarderait de plus près. Mais elle accusait le choc, les mots bourdonnaient dans sa tête, vitrioleurs.

Par la fenêtre elle vit Félicien penché sur les plates-bandes. Une immense tendresse la saisit, elle eut envie de le prendre dans ses bras, ce paysan bourru au regard si doux, lui au moins il lui voulait du bien, il pensait à elle, c'était sans prix. Pauvre bonhomme, il ne pouvait pas soupçonner ce qu'elle avait entrepris, ce qu'elle traversait et tout ce qu'elle apprenait jour après jour. Il en serait certainement choqué, elle ne pourrait rien lui avouer, elle aurait honte. Certes, des drames éclatent dans les campagnes, des viols, des incestes et des adultères, mais les gens des villes sont soupçonnés d'être pervers et détraqués. Si elle disait à Félicien que les humains sont tous pareils, à la ville comme aux champs, que les passions se déchaînent partout et que le stupre se propage comme le chiendent, il serait perplexe. Il disait souvent :

– Moi j'entends les palombes, je vois les lapins, je

sens les champignons, je caresse mon chien. Ça suffit pour entretenir mes sens !

Le but d'une vie n'est que la recherche de l'extase, disait Thomas. Où Félicien trouvait-il la sienne ? Dans un coup de fusil ? Devant la naissance d'un veau ? Le bourgeonnement des arbres au printemps ? Sur son tracteur, vibrant entre ses jambes ?

Félicien leva les yeux vers la fenêtre et leurs regards se croisèrent.

Le téléphone sonna.

– Bonjour commissaire… Merci, ça va… C'est gentil… Quand vous voulez, venez quand vous voulez… Lundi après-midi ? C'est entendu. Pour le café, très bien… Au revoir, commissaire, à lundi.

Ses yeux se portèrent sur l'ordinateur. Dorieux ne l'avait pas inspecté. Lola n'avait pas signalé l'existence de ce Mac, dans les jours chaotiques qui avaient suivi l'accident. Le commissaire, par délicatesse, ou par mégarde, n'avait rien demandé.

Elle pensa aussitôt : « Je ne veux pas qu'il trouve ça. Je ne veux pas qu'il lise ce qui est là-dedans. Que notre vie privée soit étalée aux yeux de tous, de la police, et qui sait de la presse, friande de ce genre d'indiscrétions. » Elle ramassa tous les câbles de l'appareil, la souris, le tapis de souris et se mit à tourner dans la pièce, les bras chargés de tout ce bazar informatique. Où le cacher ? Une perquisition était-elle possible ? Le commissaire avait parlé de mesures, de métrages, à l'extérieur, autour de l'arbre. Il n'avait pas mentionné les affaires personnelles de Thomas, que Lola avait soigneusement rendues à sa mère, dans un sac. L'ordinateur avait été oublié. Avec une paire de lunettes posée à côté. Acte manqué ? Anicroche du destin ? Lola n'avait pas l'intention de déclarer cette omission, par respect pour la mémoire de Thomas. Elle s'en persuadait du moins, en cet instant de fraude manifeste. Refus de collaborer avec la justice. Subtilisation de preuve.

Preuve de quoi ? Son amant était mort écrasé par un arbre. Ce qui se passait entre eux ne regardait personne, la nature de leur liaison était indéfinissable, elle-même en cherchait encore la clé. Les relations subtiles entre êtres humains finissent en bouillie juridique dans la bouche des officiers de justice. Ne parlons pas des délires médiatiques, qui rabaissent toute situation sentimentale à la cupidité matérielle et aux vices de pacotille. Par tous les moyens elle éviterait de donner en pâture aux flics ces indications sur Thomas. Pas plus qu'aux journalistes embusqués derrière eux. La découverte de cet ordinateur relancerait leur avidité, il fallait absolument éviter cela.

Elle songea à des lieux que souffle la mémoire cinématographique, les films d'espionnage, les histoires de Résistants ou de grand banditisme : on cache le magot dans la chasse d'eau, entre les ressorts du sommier, entre les draps dans l'armoire à linge. Mais les réservoirs de WC ne sont plus suspendus, les lits n'ont plus de sommier à ressorts et les placards sont visités quotidiennement par la femme de ménage. Elle pensa au congélateur, non, un ordi ne résisterait pas au froid ; au réduit où elle garde ses vins, derrière les bouteilles, mais Brigitte tomberait dessus. Pas facile de cacher quelque chose de nos jours, les trafiquants de drogue inventent des planques scientifiques, construisent des doubles-parois dans les meubles et les carrosseries de voiture. Elle opta pour une solution angélique : elle le poserait sur son bureau, comme si c'était le sien. Si on l'interrogeait, elle répondrait : C'est mon ordi de voyage. L'autre, le vieux, reste ici. On n'oserait pas la prier de le mettre à la disposition de la police.

Elle fit le tour de la pièce encore une fois, pour vérifier qu'il ne restait aucun objet ayant appartenu à Thomas. La corbeille était vide, les serviettes dans la salle de bains attenante avaient été changées. Par qui ?

Elle descendit, posa l'ordinateur sur son bureau, bien en vue, et s'adressa à Brigitte dans la cuisine :

– Dites, Brigitte, c'est vous qui avez rangé là-haut ? Vous avez fait la salle de bains, les serviettes sont changées ?

– Oui, Lola, j'ai tout fait la semaine dernière.

– Vous avez vidé les corbeilles ?

– Oui, je crois. Comme d'habitude. Vous avez perdu quelque chose ?

– Non Brigitte, merci. Je voulais juste savoir. Au cas où ma sœur fasse le forcing, et qu'elle déboule.

– Tout est propre. Je peux donner encore un petit coup, si vous voulez ?

– Non, ça va, Brigitte. C'était au cas où. Pas d'urgence. Ne faites pas la poussière sur mon petit ordinateur, je vous en prie, il faut un chiffon spécial.

– Ah, c'est le vôtre ! Je me demandais…

Brigitte avait les yeux partout. Elle avait bien sûr repéré le Mac dans la chambre du haut. Lola avait bien fait de clarifier les choses. « Je deviens une habile hors-la-loi », se dit-elle. Mais le petit objet de métal et de complexité technologique pèse lourd sur son cœur.

Un indice.

Furieux indice.

Un laser qui lui transperce le cœur.

Madame Bovary serait dans les choux.

Madame Bovary ? Aujourd'hui, elle n'existerait pas, cette pleureuse.

12

À ses vertiges s'ajouta une rage de dent, une dent de sagesse qu'il fallait arracher au plus vite. Lola se méfiait des dentistes locaux, à tort. Celui qui la recevrait avait une excellente réputation. Il lui fit d'ailleurs une bonne impression au téléphone.

Elle reçut donc l'inspecteur Dorieux avec une joue douloureuse et gonflée, pas mécontente de pouvoir ainsi écourter l'entretien.

– Pardonnez-moi, je peux parler mais je dois tenir cette poche de glaçons sur la mâchoire, le dentiste me l'a expressément conseillé.

– Je peux revenir une autre fois, madame, si vous voulez, dit Dorieux.

Elle posa la poche de glace sur la table et s'assit.

– Non, non. Pour ce que nous avons à nous dire... Asseyez-vous, commissaire.

– On ne va pas vous déranger longtemps. Mon adjoint est dans le jardin, il prend des cotes. Félicien ne m'a pas écouté, je l'avais prié de ne rien toucher...

– Il n'en fait qu'à sa tête, vous savez ! C'est son caractère. Je lui avais pourtant dit…

– C'est à son sujet que je suis venu vous voir. Je dois être franc, il y a des choses pas claires, dans son récit. Comment étaient ses relations avec la victime, avec monsieur Thomas ?

Quelle drôle de question. Lola sait bien que Félicien n'aimait pas beaucoup Thomas, mais elle sent que ce n'est pas la peine de le dire au policier.

– Leurs relations étaient bonnes. Enfin… inexistantes. Thomas ne s'intéressait pas à la campagne. C'était un garçon des villes.

– Avez-vous entendu des conversations entre eux, des échanges ?

– Non. Nous étions toujours tous les trois. Je crois que Félicien et Thomas n'ont jamais été seuls. Sauf les quatre dernières minutes…

– Quatre ?

– Trois ou quatre. Le temps que j'aille jusqu'à la cabane à outils et que je revienne.

– Si cela ne vous ennuie pas, nous allons refaire le trajet ensemble tout à l'heure, pour qu'on le chronomètre.

Lola comprit que c'était un ordre. Pas question de refuser.

– Pas de problème. Vous voulez qu'on y aille tout de suite ?

– Volontiers, mademoiselle.

Ils se dirigèrent vers le perron, Dorieux appela son adjoint, pour qu'il lui apporte le chronomètre.

– Il faut être précis, vous comprenez.

– Je comprends, dit Lola.

Elle se plaça près de la souche que Félicien avait libérée de sa potiche décorative. Elle eut le réflexe d'enlever ses chaussures puisqu'elle était pieds nus cette nuit-là. Dorieux lui donna le top et elle refit le parcours, de l'arbre au potager. En plein jour, par cette chaleur sans vent, rien ne lui évoquait le souvenir pénible.

– La nuit était obscure et j'ai trébuché plusieurs fois, la porte était fermée à clé, je suis allée la chercher, là où nous la cachons, dans le renfoncement du mur, la voilà, vous voyez, il y a plusieurs clés dans le trousseau, j'ai eu du mal à trouver la bonne. Je ne trouvais pas le trou de la serrure, mes mains tremblaient, j'ai finalement réussi à enfiler la grosse clé, je l'ai tournée, et je suis entrée, comme ça. J'ai attrapé la hache qui était bien accrochée à un clou, comme me l'avait indiqué Félicien. Il laisse traîner les arrosoirs et les tuyaux, mais ses outils sont bien rangés. J'ai fait demi-tour aussitôt, je crois que j'ai laissé la porte ouverte, mais je ne suis pas arrivée jusqu'à l'arbre. J'ai entendu un grand bruit, comme un coup de canon. Et un cri. Bref. Étouffé. Je me suis arrêtée par ici, j'ai entrevu le tronc abattu, et les jambes de Thomas en dessous. Félicien m'a prise par le bras, il m'a tirée dans la maison, il m'a demandé où était le téléphone. Après, je ne sais plus…

Elle s'étonne du calme avec lequel elle se remémore ces moments.

– Trois minutes trente. Vous avez le sens du temps. En général, les gens se trompent. Ils pensent toujours que c'était plus long. Certaines minutes durent éternellement, dans le souvenir.

– Ou bien s'abattent comme un éclair. Ah, je me souviens, il y a eu un éclair. Le jardin était lugubre. J'ai eu très peur.

– Vous pensiez à la foudre ?

– Je ne pensais à rien. J'avais peur, c'est tout.

– Merci, mademoiselle. Tu as noté, Raoul ? Tu peux continuer tes mesures.

Lola remit ses sandales et se dirigea vers la terrasse. Sa dent de sagesse se manifesta, la douleur tambourinait dans sa gencive.

– Pardonnez-moi, commissaire, je ne vais pas pouvoir vous garder longtemps, je suis attendue chez le dentiste.

– Encore deux petites questions, et je vous laisse tranquille.

Ils s'assoient dans les fauteuils métalliques du jardin, où Lola ne pose plus les coussins depuis l'accident, comme pour en interdire l'usage. Elle s'assied là pour la première fois depuis un mois.

– Quand Félicien vous a appelée à l'aide, qui de vous deux s'est présenté le premier ? Votre ami ou vous ?

– Moi. Oui, je crois. Thomas me suivait, il était juste derrière.

– Que vous a-t-il dit, à ce moment-là ?

– Félicien ? Il a dit à Thomas de se mettre à côté de lui, et de tenir les branches basses. Ensuite il m'a envoyée chercher la hache, il a dit qu'il fallait les couper.

– C'est ce qu'on fait quand un arbre a trop de prise au vent, il faut lui enlever les plus grosses branches. Mais on fait ça avant, préventivement. Pendant la tempête c'est dangereux.

– Je suppose que Félicien pensait pouvoir sauver l'arbre.

– Qu'a-t-il dit d'autre ?

– Je ne sais pas. Je n'entendais plus. Le vent mugissait, il faisait un bruit énorme. On n'imagine pas le bruit d'une tornade.

– Sur votre chemin, vous entendiez s'ils se parlaient, là-bas près de l'arbre, s'ils se disputaient ?

– Je n'entendais rien. Je vous dis, le vent hurlait autour de moi.

– Quand vous êtes revenue, où se trouvait Félicien ?

– Je ne sais pas, il faisait noir, je ne l'ai pas vu.

– Était-il à droite ou à gauche de l'arbre ?

– Je n'en sais rien. Il a bondi vers moi, il est sorti de l'obscurité, je ne peux pas vous dire de quel côté.

– Merci, mademoiselle, ce sera tout pour aujourd'hui. Si quelque détail vous revient, n'hésitez pas à me le communiquer.

– Que signifie tout cela ? Vous soupçonnez Félicien de ne pas vous avoir dit la vérité ?

– Je ne soupçonne personne, je veux reconstituer les faits, voilà. Ce n'est pas agréable, je m'en excuse, mettez-vous à ma place, je dois fournir un rapport qui tient la route.

– Je comprends, commissaire. Je vous excuse. Chacun son boulot, n'est-ce pas ?

– Bonne chance chez le dentiste. Vous allez chez Peloux ?

– Oui.

– C'est un bon médecin, ne craignez rien.

– Merci, commissaire.

– Je suis inspecteur, pas commissaire.

– Excusez-moi, au revoir, inspecteur.

13

– Il m'embête, Dorieux. S'il s'imagine que je me souviens de chaque geste que j'ai fait, de chaque chose que j'ai dite, et dans quel ordre, un soir pareil ! Je lui ai tout expliqué le lendemain, je pense que je n'ai rien oublié.

– Vous croyez qu'il veut prouver quelque chose ? Que ce n'était pas un accident, par exemple ?

Lola a convoqué Félicien pour lui raconter ce que l'inspecteur lui avait demandé.

– Qu'ils cherchent ce qu'ils veulent, ces fouineurs, avec leur mauvais esprit. Ils ne trouveront rien.

– Je vous fais totalement confiance, Félicien, vous le savez. Je suis sidérée de cette enquête. La justice a du temps à perdre. Soit ils ne sont pas là quand il y a des vrais problèmes, soit ils font du zèle.

Lola a servi deux verres de vin blanc, Félicien n'y a pas encore touché.

Après un silence, elle dit :

– Il m'a demandé ce que vous pensiez de Thomas.

– Qu'avez-vous répondu ?

– Rien. J'ai dit que vous ne pensiez rien. Ni lui de vous. J'ai un peu menti.

– Comment ça ?

– Je sais bien que vous ne l'aimiez pas.

Un long silence. Félicien lève les yeux vers Lola, des yeux qui n'ont pas l'intention de déguiser la vérité.

– Je n'avais pas d'avis. Je ne le comprenais pas bien. Mais c'est vrai que je n'aurais pas voulu qu'il vous fasse du mal.

– Vous pensez qu'il m'en faisait ?

– Non. Qu'il pouvait vous en faire.

– Tous les hommes peuvent faire du mal à une femme, et toutes les femmes peuvent faire du mal à un homme.

– C'est ça. Quand ils ne sont pas assortis.

Félicien a lâché le mot. Lola et Thomas n'allaient pas ensemble, à ses yeux.

– Vous pensez que nous n'étions pas assortis ? demanda Lola avec sérieux.

– Excusez-moi, Lola. Je n'ai pas à donner mon avis..

– Je vous le demande.

– C'est-à-dire… J'aurais voulu quelqu'un de gentil près de vous.

– Thomas n'était pas gentil ?

– Il avait autre chose en tête. Ce n'était pas un garçon qui donne. C'était un garçon qui prend.

Lola admira l'analyse synthétique de Félicien, avec ses mots simples.

– Qu'est-ce que vous me faites dire, Lola, enchaîna-t-il. Je suis désolé, je parle de ce qui ne me regarde pas.

– Ça vous regarde, Félicien. Vous êtes le seul à avoir rencontré Thomas ici, et c'est avec vous qu'il a passé les dernières minutes de sa vie.

Lola a dit cela gravement, en découvrant ses pensées en même temps qu'elle les exprime. Félicien est lié à elle pour toujours, en effet, depuis cette nuit fatale. Peut-être même avant, s'il a surpris certaines scènes, certains moments…

– Que vous a-t-il dit, pendant ces dernières minutes ? Vous pouvez me le répéter maintenant.

Félicien baisse la tête. Il est très mal à l'aise depuis le début de leur entretien.

– Non, Lola. J'aime mieux ne pas vous le dire.

– Pourquoi ? Ce sont des choses qui me déplairaient ?

– Non. Rien. On ne s'est rien dit. Croyez-moi. Des trucs de mecs. Sans importance.

Lola laissa s'écouler un silence, et clôt la conversation d'une dernière phrase :

– Un jour vous me le direz, n'est-ce pas ?

– Un jour. Plus tard.

Ils se regardent droit dans les yeux. Aucune ambiguïté, aucune cachotterie. Sans crier gare, le destin a rapproché ces deux êtres si éloignés l'un de l'autre.

14

À l'Institut, les collègues de Lola avaient appris le drame, et s'organisèrent pour lui accorder un mois d'arrêt de plus. Elle voyait les jours filer, mais sa santé morale ne s'améliorait pas. Elle se félicita de ce sursis qu'elle avait trouvé excessif quand on le lui avait proposé. Les convalescences sont plus longues que les maladies, la durée des deuils impossible à prévoir. Lola ne se relevait pas. Elle commençait à en noter les conséquences sur son physique, elle grossissait, elle perdait ses cheveux, et son odorat avait disparu. Le médecin mettait ces effets secondaires sur le compte du choc psychologique, mais elle pensait qu'elle vivait la suite logique de son incroyable dépucelage, de son éveil sensoriel. Éros et Thanatos, elle en était la démonstration vivante.

Lui est mort, mais c'est elle la victime, celle qui reste, qui témoignera de leur amour.

Elle se demandait comment procéder. Écrire un livre ? Devenir le chantre de la pensée de Thomas ? Créer un mausolée, un lieu de recueillement ?

Une seule idée s'insinuait dans tous les cas de figure : elle devait enquêter sur lui, tout découvrir, tout entendre, reconstruire sa personnalité, réunir les morceaux, finir son œuvre, en quelque sorte. Il se cherchait. Elle le trouverait. Il voulait comprendre l'âme humaine. Elle continuerait sa quête. Et pour cela, il fallait qu'elle devienne LUI, qu'elle se mette à sa place, qu'elle prolonge ses désirs, ses cogitations. Elle serait lui, mieux que lui. Elle allongerait ainsi une vie interrompue. Elle rendrait un hommage actif et vivant à cet esprit audacieux, à ce penseur insatisfait et pressé.

« La mort n'existe pas, se dit-elle. Il y a des morts qui sont morts, et des morts qui ne meurent pas, parce qu'ils se sont transférés en quelqu'un d'autre, qui prend le relais de la course. » Elle serait ce releveur de témoin, elle irait plus loin encore, avec les ailes de Thomas.

Ce projet n'était pas extravagant, il s'imposait à elle de manière évidente, il la soulageait de ses incertitudes, de ses hésitations. Elle avait enfin un but défini.

Avant tout, elle devait connaître les personnes qu'il avait aimées, choisies, avec lesquelles il avait parlé. Elle devait tout savoir de lui.

Elle appela les éditions Odile Jacob pour commander son livre, et demanda à parler à madame Jacob, qu'on lui passa rapidement, à sa grande surprise.

– Oui, nous avons su… Quelle tristesse… Qui étiez-vous pour lui ? demanda-t-elle.

– Sa dernière compagne.

Lola s'émerveillait de son audace. Se proclamer sa « compagne » ! Elle songea aux veuves abusives qu'elle avait rencontrées dans son travail, ces femmes de défunts célèbres qui s'approprient leur mémoire et leur œuvre. Il fallait bien qu'elle s'octroie un statut quelconque, pour accéder à la confiance des personnes qu'elle interrogerait.

– Je vous fais mes condoléances, mademoiselle.

– Pensez-vous rééditer son ouvrage ?

– Non. Nous n'y avons pas pensé. Ce ne fut pas un très grand succès commercial. Un livre intelligent, mais difficile. Thomas n'était pas facile, vous savez. Il n'avait pas voulu changer une ligne de son manuscrit. Avec des coupures, ce texte aurait été plus attrayant…

– Je sais. Thomas était intransigeant. Je ne le connaissais pas, à cette époque. Auriez-vous la gentillesse de m'envoyer un exemplaire de son livre ?

– Bien sûr, je ne vous promets pas la rapidité, il faut qu'on cherche dans les stocks. Je vous passe mon assistante pour que vous lui donniez votre adresse. Bonne chance, mademoiselle.

Lola avait fait la connaissance d'Odile Jacob à un Salon du Livre, mais elle préféra ne pas le lui rappeler, l'éditrice l'avait sûrement oubliée. Désormais, elle se présenterait en « compagne » de Thomas. Elle ne brouillerait pas les pistes en déclinant sa propre identité, ses propres mérites de documentaliste recherchée. Elle donna son nom et son adresse à l'assistante, et remercia vivement.

Quelques jours plus tard, dès que sa dent arrachée eut cessé de la faire souffrir, elle appela Guenola. Une voix neutre sur un répondeur demandait qu'on laisse un message. Elle dit :

– Je suis Lola, je voudrais vous voir, j'ai des choses à vous dire sur Thomas.

Elle pensait qu'elle aurait plus de chances d'obtenir une réponse si elle se mettait dans la position d'offrir plutôt que de quémander.

Les jours passèrent et personne n'appela.

Elle laissa un second message, en ajoutant qu'elle avait quelque chose à remettre à Guenola. Elle s'inventait une tactique, chemin faisant.

Un jour, elle reçut le SMS suivant : QUI ÊTES-VOUS? QUE ME VOULEZ-VOUS?

Elle ne s'était pas trompée. Avec Guenola ce serait plus difficile.

Elle répondit : JE NE VEUX RIEN. JE PENSE QUE NOUS DEVRIONS NOUS RENCONTRER.

Le lendemain, Guenola appela. Froide comme une eau de torrent. Fermée comme une porte de coffre-fort. Lola dit de sa voix enrouée par les semaines de chagrin :

– Je sais qu'il vous considérait, qu'il tenait à vous. Il m'a chargée d'une mission…

– Avant sa…

Elle non plus ne peut pas prononcer le mot « mort ». Lola ressent immédiatement une douce amitié pour cette femme.

– Oui. Je vous expliquerai. Voulez-vous venir passer quelques jours ici, chez moi ? Nous parlerons.

Lola s'entend faire cette proposition insolite, un instinct hypnotique lui dicte cette idée, comme si Thomas eût souhaité que Guenola voie ces lieux de ses propres yeux. Dans son premier message envoyé à Guenola, le seul que Lola ait ouvert pour l'instant, il décrivait longuement le paysage du Gers, l'étang et la maison. Avec elle il ne parlait pas beaucoup de Lola, il écrivait mon « amie », mon « hôtesse ».

– Je vais voir. Ce sera forcément un week-end. Je vous rappelle.

Elle n'avait pas dit non. Lola enregistrait une victoire, une petite victoire. Ses succès futurs seraient de cette nature, dans sa vie plane de sédentaire forcée. Ce qui concerne Thomas seul l'anime.

Elle décida de tenir un Journal, sa formation d'archiviste l'aiderait. Elle n'était pas sûre de son talent littéraire, mais se promit en échange d'être exacte et concise. Un chapitre nouveau de son existence s'ouvrait sur ce titre : « À LA RECHERCHE DE THOMAS ». Un peu prétentieux, pensa-t-elle. Elle se souvint de ce précepte : Les premiers mots, les premières intentions sont les plus justes. La psychanalyse en fait son pain blanc. Elle se laisserait guider par cette école de sincérité et se corrigerait le moins possible.

« Fichue intello que je suis, il faut que je transcrive mes réflexions, pour je ne sais quelle postérité, quel public ? » Elle pensa aux gens simples comme Félicien, en prise directe avec le réel, sans intermédiaire, sans médiation, sans message. Il réfléchissait, cependant. Une réflexion profonde, à long terme, calée sur les saisons de la vie. Un fatalisme sans rancœur, on accepte les événements comme ils sont.

Elle est moins sereine. Elle croit qu'on peut modifier le cours des choses, que la politique et la philosophie servent à cela. Chaque vie est un défi à l'adversité, aux idées reçues. On peut triompher. On peut aussi se tromper.

« Sur Thomas, Félicien se trompe, je le lui démontrerai. Il a du mal à comprendre ce genre d'homme. Trop cérébral, pas assez utile. Félicien rejette inconsciemment tous ceux qui ne savent pas se servir de leurs mains. Qui ne s'en sortiraient pas seuls pendant une guerre, ou une catastrophe naturelle. Mais il se trompe. Thomas était très adroit au contraire, il n'avait pas appris les gestes de la terre, de l'agriculture, de la nature, mais il jouait du piano, dessinait, et pendant l'amour, l'usage de ses mains était… »

Une bouffée de manque parcourut l'échine de Lola, prolongée par une réelle douleur au bas des reins.

« Je convaincrai Félicien. Je lèverai ses doutes. Je lui dirai tout, à lui, je ne cacherai rien, même les choses les moins flatteuses. » Elle expliquerait, elle tiendrait tête à tous, en hommage à la rigueur de sa relation avec son amant perdu, à ce qu'ils avaient commencé ensemble.

15

Bientôt il faudra tailler les rosiers pour l'hiver, et arracher les plants de tomates et de courgettes, ces longues feuilles larges comme des branches de palmier. Chaque année je fais ce travail à mon rythme, je m'organise comme je veux, en l'absence des patrons qui sont rentrés à Paris, ou dans leurs pays. La présence de Lola me fait drôle, ça me fait plaisir et en même temps ça me dérange. Je ne suis pas habitué à la voir là, à voir les volets de la maison ouverts, à devoir penser au bois pour la cheminée. Hier, nous avons eu les premières gelées le matin, Brigitte a allumé le feu.

Je sens l'âge me raidir les articulations, à cinquante ans on commence à voir les dégâts. Laure me dit qu'il faudrait que je prenne des vacances, que je suis usé par tout ce qui s'est passé cet été, mais où aller ? Je ne vais pas faire comme tous les blaireaux qui s'agglutinent à Djerba, ou au Sénégal. La mairie nous a proposé un voyage de huit jours au Maroc, avec des visites à Fès, à Ouarzazate et au bord de la mer, je ne sais plus où.

Quand j'étais jeune ça n'existait pas, tout ça. On travaillait toute l'année, sans répit. Quelques jours pendant les fêtes, on allait dans la famille, à tour de rôle dans les fermes des uns ou des autres. Tout a changé. Les exploitations sont divisées, ou vendues. Les jeunes ne veulent plus s'occuper de la terre. Et les femmes veulent le confort et faire des voyages. J'ai bien compris que ça la tente, Laure, ce voyage organisé. On verra. Pour l'instant je ne peux pas quitter Lola. Quoi qu'elle dise, elle a besoin de nous, nous sommes sa famille, sa sécurité. Son ancien fiancé lui a envoyé des fleurs, des roses de serre qui ont fané en deux jours, mais il ne s'est pas précipité. Personne ne s'est préoccupé de Lola. Sa sœur est débordée avec sa famille, ses enfants, son couple qui n'est pas en bronze, je comprends. Mais tout de même. Pauvre petite Lola. Elle n'a personne, au fond.

Le pire ce sont les histoires qu'elle se raconte. Elle veut faire un héros de son Thomas, un champion. De quoi, je me demande. Il était peut-être un crack dans son secteur, mais humainement il ne valait pas tripette. Je ne peux pas le lui dire, elle m'arracherait les yeux, elle me licencierait. Je n'ai pas besoin de travail, j'en ai par-dessus les oreilles, mais je ne voudrais pas contrarier Lola, et qu'elle se retrouve seule, abandonnée dans sa petite maison un peu triste pendant les mois d'hiver, avec le brouillard de l'étang. Elle n'est jamais venue pendant la mauvaise saison, une fois ils ont passé Noël tous ensemble, avec sa sœur, son beau-frère et les enfants, son copain et la fille de son copain, d'un premier lit. Il avait neigé, le ciel était bleu, ils avaient eu de la chance. Je les avais aidés à faire un bonhomme de neige qui s'était effondré, défoncé par un cochon sauvage sans doute, en pleine nuit. À part cette fois-là, Lola ne venait qu'aux beaux jours, après Pâques. Le chauffage électrique date de je ne sais quand, avant qu'elle rénove la maison, de vieux convecteurs qui consomment une folie d'électricité. Les deux cheminées d'appoint sont indispensables.

Passera-t-elle l'hiver ici ? J'espère que non. Pour elle. J'espère qu'elle va reprendre son travail, qu'elle va m'envoyer les petits messages spirituels qu'elle m'envoyait toujours :

ALORS FÉLICIEN, VOUS AVEZ LA PAIX, VOUS POUVEZ TRAFIQUER DANS LE JARDIN SANS QUE JE VOUS EMBÊTE ?

ou bien : VOUS ME MANQUEZ, LES HARICOTS, LA SALADE ET VOUS.

Dans un jardin, il faut prévoir d'avance. Les semis, les plantations, les protections, les labours. On n'a rien sans rien. Il y a beaucoup de boulot en amont. Lola n'est pas ingrate, elle le sait et l'apprécie. Elle me fait toujours des compliments, elle est sincère, ça se voit. Je ne fais pas tout ça pour ça, mais ça me fait plaisir. Quand les Anglais me félicitent, ça me fait plaisir aussi, mais ce n'est pas pareil. Avec Lola il y a autre chose. Je veux vraiment lui faire plaisir. Je veux qu'elle soit heureuse, je veux voir son petit minois s'illuminer en regardant les premiers forsythias, puis les lilas, que j'ai taillés presque à ras l'année dernière, et qui sont repartis de plus belle, j'ai eu chaud. Je me donne du mal, j'y mets tout mon savoir, toute mon intuition. On ne réussit pas toujours, avec les plantes, quelquefois elles se racornissent, ou attrapent des maladies, on ne sait pas pourquoi. C'est comme les personnes, on s'entend bien, on n'a rien à reprocher, et tout d'un coup on est déçu, on change d'avis, on déchante. J'aimerais qu'elle oublie ce garçon, qu'elle comprenne vite qui il était, ce qu'il aurait fait. J'ai de la peine pour lui, beaucoup de peine, fauché comme ça au début de sa vie, c'est abominable, personne ne mérite ça. Mais ce sont les vivants qui comptent, ceux qui restent, ceux qui doivent continuer. Lola est encore une jeune fille, par certains côtés, elle a la vie devant elle, comment le lui faire comprendre ? Moi, je serai là pour l'aider, s'il faut. Je n'ai pas les mots, mais je sais qu'elle a confiance en moi, qu'elle se repose sur moi. Elle a raison. Je serai toujours là.

16

Le livre de Thomas fut une grosse déception. Lola ne voulait pas se l'avouer, ce pavé en jargon ethnographique était ennuyeux et conventionnel. Un ouvrage sans originalité, et, pire que tout, sans flamme. Lola n'y reconnaissait pas la voix de Thomas, à croire qu'il n'avait pas écrit ce livre seul, que les longues phrases savantes et alambiquées étaient le fruit d'une collaboration, d'un travail collectif. Elle se disait cela pour admettre son dépit. Un livre scientifique n'est pas un roman, ni un pamphlet, il s'adresse à d'autres scientifiques qui ne recherchent pas la personnalité de l'auteur, mais sa compétence.

Il ne fallait pas chercher de ce côté. Internet lui avait fourni les autres publications de Thomas, toutes aussi barbantes les unes que les autres. La piste des messages de l'ordinateur était plus probante. Elle devrait se résoudre à les éplucher de plus près, quand elle en aurait la force.

L'automne approchait, ses couleurs rousses recouvraient la campagne, et la vigne vierge habillait la façade d'un manteau pourpre. Lola avait toujours souhaité voir sa maison en arrière-saison. Le travail et la vie avec Julien l'en avaient empêchée. Dans son lyrisme amoureux, elle prenait cette nouveauté comme un cadeau de Thomas, une redistribution du temps qui lui offrait des beautés non recueillies jusqu'à présent. Elle ramassa des feuilles rouges et jaunes, les mit à sécher dans un gros livre, comme quand elle était enfant. La maîtresse avait demandé aux élèves de dessiner les feuilles de platane tombées dans la cour de l'école. En cachette de ses copines, Lola avait recopié la forme de la feuille en l'entourant avec le crayon, l'utilisant comme gabarit. Quand la maîtresse l'avait félicitée, elle avait éclaté en sanglots et avoué sa tricherie. Elle avait été pardonnée, grâce à sa loyauté, mais elle garda le souvenir cuisant de cette découverte : on peut gagner en étant malhonnête, personne ne s'en aperçoit. Bouleversée, elle avait raconté cela à ses parents, qui s'étaient mis à rire, à son grand étonnement.

Il faudra remonter à Paris, un jour ou l'autre. Cette perspective ne lui souriait pas. Elle ne voulait pas quitter cette maison, que ses yeux ne se posent plus sur ce petit vallon, en face d'elle, et sur cette terrasse peuplée de souvenirs. Le courrier de Paris, qui la suivait ici, avait beau déballer les invitations de la rentrée aux musées, aux vernissages, aux premières de théâtre envoyées par le ministère, elle demeurait insensible et considérait cette vie parisienne lointaine et sans intérêt. Elle avait bien mieux à faire. Elle avait ouvert un chantier immense, délicat et indescriptible. Sa sœur lui demanda : « Que fais-tu toute la journée ? » Elle était débordée, elle n'avait pas une minute à elle, elle lisait, elle écrivait, elle téléphonait sans relâche. Entre autres démarches, elle avait décidé d'entrer en contact avec toutes les personnes inscrites dans le carnet d'adresses de Thomas. Avant d'écrire, ou de téléphoner, elle faisait une petite enquête, et créait un dossier à chaque nom, rédigeait des fiches. Le « mystère Thomas » ne s'éclairerait qu'à ce prix.

Félicien venait tous les jours, alors qu'elle avait espacé les jours de Brigitte, par mesure d'économie.

– Je ne pourrai pas vous payer toutes ces journées, Félicien.

– Je ne vous compte rien de plus, soyez tranquille. Je viens prendre l'air chez vous, en attendant l'ouverture de la chasse. Et puis, dans quelque temps, je viendrai moins, quand la terre dort. Maintenant il faut ramasser toutes ces feuilles mortes, et couper les lavandes. Je ne vous dérangerai pas longtemps.

– Vous ne me dérangez pas, Félicien. C'est moi qui vous dérange, avec ma mine de veuve. Pardonnez-moi.

– Vous devriez sortir un peu, aller voir vos amis. Les Montal sont en pleines vendanges, ils vous ont proposé d'y participer.

– Je n'ai envie de voir personne, Félicien. Sauf vous. Dans quelque temps je vous dirai ce que je suis en train de faire.

– Vous écrivez un livre ?

– Non. C'est-à-dire oui. Une espèce de livre. Ou un film, je ne sais pas encore…

– C'est bien. Il faut que vous fassiez quelque chose d'important pour vous.

– Et pour lui.

Félicien se tut.

– Pensez à vous, Lola, pensez à vous.

Lola le regarda avec des yeux nouveaux. C'était aussi pour lui qu'elle devait réaliser cette enquête. Il avait subi cette affaire de plein fouet, d'ailleurs il avait l'air fatigué, les traits creusés et les yeux tristes.

– Vous devriez prendre du repos, Félicien. Vous avez bien souffert, vous aussi. Je vous demande pardon, je ne pense qu'à moi, je suis une égoïste.

– Ne vous inquiétez pas, Lola, je vais y songer. Laure me tanne pour que nous fassions un voyage.

– Quelle bonne idée ! Où ça ?

– Je ne sais pas. Au Maroc. Je ne suis pas très chaud.

Lola réalisa soudain que Félicien lui manquera, s'il part. « Je suis une enfant gâtée, se dit-elle. Il a bien le droit, ce brave homme, d'aller se changer les idées. »

Félicien tord son chapeau, ému que Lola ait exprimé des attentions si amicales à son égard. Elle ne lui avait jamais parlé de lui auparavant. Il était son cheval de trait, une bête de somme. L'homme à tout faire. Un homme infatigable, sans visage et sans sexe.

– Quand pensez-vous remonter à Paris ? osa-t-il demander.

– Je ne sais pas, Félicien. Peut-être jamais.

– Allez, allez. Ne dites pas de bêtises. On vous attend là-bas. Vous avez tant de belles choses à faire.

– Personne ne m'attend, et ce que j'ai à faire, ce que je dois faire, je peux le faire n'importe où. Avec les moyens de communication d'aujourd'hui, je peux faire le tour du monde depuis cette maison, vous savez.

– Pas très gai, tout de même…

– Je n'ai jamais été une fille très gaie… Seulement si on m'entraîne. Je ne trouve pas que la vie soit une partie de rigolade.

– Vous dites ça en ce moment. Le temps vous rendra le sourire, j'en suis sûr.

– Vous êtes un homme bon, Félicien.

– Oh là là, vous ne me connaissez pas, je peux être une hyène quand on m'énerve ! Quand je suis en colère, il vaut mieux que je parte dans les bois avec mon chien, je pourrais être violent, je peux tout casser !

– Vous, violent ! Je ne peux pas l'imaginer. Je vous ai vu contrarié, bougon, autiste, mais violent, jamais.

Félicien se tut. Lola sentit qu'il était sur le point de

lui raconter quelque chose, mais il se retint, et remit son béret.

– Au revoir, Lola. Travaillez bien. Et n'oubliez pas de fermer les volets en bas, ce soir. Il va y avoir du vent. Avez-vous assez de bois pour la cheminée ?

– Oui, merci. Par contre, il faudra me changer la bombonne de gaz, dans quelques jours.

– Je m'en occupe.

Félicien sort d'une manière inhabituelle, la tête droite, tel un joueur de rugby observé par tous les regards d'un stade. Lola le regarde en effet, elle remarque sa démarche assurée, ses épaules solides et mobiles en même temps. Des épaules de sportif. Pas les mêmes épaules que Thomas, qui étaient élégamment tombantes, courbées par un dos habitué à se pencher sur un bureau, une table de bibliothèque, un pupitre d'amphithéâtre. Des épaules aux antipodes les unes des autres, aux fonctions totalement différentes. Une vision éclair de Félicien faisant l'amour, cambré sur le corps de sa femme, la surprit. Elle l'avait vu en short, et une fois dans l'eau en maillot de bain l'année dernière, elle avait fait remarquer à Julien que le corps noueux du jardinier ne manquait pas d'équilibre. Mais elle n'avait jamais imaginé Félicien dans son rôle de mâle. Cette pensée fugace la rassura. Elle avait raison de faire confiance à cet homme, un homme, de l'espèce bien masculine qui inspire la tranquillité.

Au cours d'une de leurs nuits, Thomas avait développé sa théorie sur les hommes. Leur allure changerait dans les temps à venir. Les muscles perdent leur utilité, à cause des machines et du partage des responsabilités avec les femmes. Les femmes se musclent et les hommes s'adoucissent. On va vers un physique androgyne qui touche hommes et femmes, la parité se fera naturellement, par cette seule mutation. La beauté d'hier ne sera pas la beauté de demain, des types nouveaux apparaîtront, entre métissage et mixité.

– Les jolies blondes comme toi ne seront plus le seul genre triomphant. Vous avez régné pendant des siècles, c'est le tour des afro, des Mauresques, des Eurasiatiques, des Indiennes et des Brésiliennes.

– Mais moi, petite blonde décadente, est-ce que je te plais ?

– Tu me rends fou. Je n'arrive pas au bout de toi. Tu m'échappes de partout. Tu me débordes. Je n'en finis pas de te désirer.

Lola se précipita sur son ordinateur pour épingler ces mots, ces paroles précises dont elle se souvenait avec acuité. Elle devait tout écrire, tout noter, avant que la mémoire, cette traîtresse, ne fasse son vilain travail d'érosion, d'ensablement. Elle commence déjà. Certaines phrases de Thomas se confondent, quand les a-t-il prononcées, que faisaient-ils à ce moment-là, étaient-ils habillés, ou presque nus, la plupart du temps ils étaient nus quand ils se parlaient. Dans la souffrance du souvenir, Lola a une bouffée de bonheur, la joie d'avoir vécu tout cela, d'avoir été embauchée pour accomplir cette œuvre de sexe et de creusement existentiel. Thomas était impliqué autant qu'elle, il avait été capable de se dédoubler pour étudier ce qu'ils vivaient, et d'en faire part à Margarita. Il possédait une capacité d'analyse supérieure, il avait des longueurs d'avance sur elle. Lola accordait à Thomas un crédit absolu. Elle le classait parmi les êtres que le génie isole et qui choquent les bien-pensants. Il suscitait la passion. Elle avait eu la chance d'embarquer avec lui dans une trajectoire fulgurante, à mi-chemin entre ciel et terre.

D'autres personnes avant elle s'étaient certainement envolées avec lui vers les sphères de l'inconscient, des femmes pour sûr. L'idée ne la chagrine pas. La jalousie serait vile devant la hauteur de certaines ambitions. Thomas était un trésor qui n'appartenait pas qu'à elle, elle l'avait admis.

Mais elle a été la dernière, et il est mort. Cette mort ne peut pas être un hasard. On ne meurt pas par hasard quand on est un homme comme Thomas. Il est venu mourir ici, chez elle. Cette mort a un sens. Elle était inscrite quelque part. Lola était la dernière frontière. Il devait y avoir une raison à cela, une raison obscure et vive, qui l'incitait à ne pas faiblir dans sa recherche.

17

L. n'est pas rouée au sexe, elle a des réactions primitives. Son cri de jouissance ressemble au chant des sirènes, tu sais le beuglement des orques dont la légende leur attribue la voix. Son visage se détend, ses traits se fondent comme si elle était sous l'eau. C'est très apaisant. C'est une femme d'eau, une femme-fontaine, une femme aquatique. Je nage là-dedans mais je reste à la surface. Peut-être aimerais-je me diluer avec elle dans ses paroxysmes, mais je crois que je préfère ta conscience et ta rude féminité tauromachique.

C'était l'un des messages de Thomas à Margarita, que Lola recopiait méthodiquement, mot à mot. Elle y apparaît comme une frêle barque à voile ballottée par des vents changeants, ignorante de la mer et de ses dangers. Thomas y est respectueux et clinique, il observe les moindres gestes de sa partenaire et les relate rigoureusement.

Le premier choc passé, Lola se plongea dans cette

correspondance, non sans une certaine fierté. Elle avait fait l'objet d'une attention permanente, une preuve de plus que Thomas avait misé sur elle, avait un plan, un projet qui se serait amplifié, peut-être, et dont elle essayait de deviner la teneur. Le petit ordinateur portable était une boule de cristal dans laquelle on pouvait lire les plis cachés du passé. À condition de savoir lire dans les boules de cristal. Son esprit pragmatique de scientifique lui avait naguère interdit ce type d'exercice. Elle apprendrait. Elle ne s'emballerait pas. La froideur, elle connaît, elle en est capable. Chaque fois qu'elle était tombée sur une découverte d'archive, scandale, duperie ou bévue qui avaient défrayé les coulisses de l'histoire, et faussé sa lecture, elle avait su garder la tête froide. Son implication personnelle, ici, ne lui ôtait pas l'objectivité. Elle voulait reconstituer un puzzle qui révélerait peut-être une image déroutante, mais le virus était là, elle devait combler l'attente, le vide, remplir les cases manquantes.

Elle apprit ainsi que Thomas ne jouissait pas chaque fois qu'il le disait. Elle n'aurait pas pu le soupçonner, inondée par ses propres humeurs. On dit que les femmes simulent, voilà que les hommes aussi ? Elle tombait des nues. Des lieux communs sur la sexualité des hommes s'écroulaient, et même si Thomas était un spécimen d'avant-garde, il indiquait une direction future. Les hommes très sexués comme lui avaient aussi droit à des absences, des refus.

Ma propre jouissance ne m'a jamais beaucoup intéressé, tu le sais, écrivait-il encore à Margarita. *Celle des femmes me paraît transcendante, définitive. Le vagin nous engloutit, nous annule, nous transfère de l'autre côté du mur, dans une autre galaxie. Chaque femme est une galaxie. Toi tu es le feu, une planète brûlante, Lola est une terre plate, aqueuse et froide.*

Chaque mot se plantait dans le cœur de Lola, mais elle cherchait à tenir bon face à leur violence. Elle consultait les messages par petits paquets, puis elle s'arrêtait, haletante. Elle devait aller boire un verre de quelque chose, du vin de préférence. L'armagnac était trop fort, mais elle pourrait bientôt y recourir. Elle n'avait pas encore ouvert les messages de Guenola. Elle avait le temps. Elle avançait pas à pas.

Le téléphone sonna.

C'était justement Guenola.

– Votre proposition tient toujours ?

– Plus que jamais.

– Je pourrai le week-end prochain, pas après-demain, mais l'autre, dans dix jours. Il y a des vacances scolaires.

– Vous êtes enseignante ?

– Non. Étudiante. Je prépare des concours, et je travaille, oui. Je fais du soutien scolaire pour des enfants en difficulté. Je viendrai en voiture. Comment s'appelle votre localité ?

Lola expliqua comment arriver chez elle, et remercia Guenola chaudement.

– Je vous préviens, dit la jeune femme, je suis un peu… sauvage. Je peux repartir très vite, si ça ne va pas. C'est pour ça que je viens en voiture.

– Vous ferez comme vous le sentez, dit Lola. Mais j'espère que vous accepterez le confit et les champignons de la région.

– Ne faites rien de spécial pour moi. Je suis végétarienne, j'apporte mes aliments.

Lola raccrocha, perplexe. Guenola n'était pas commode. Déjà au cimetière, elle lui avait fait forte impression, avec son visage fermé, sans une larme. Mais rien n'étonnait Lola. Thomas ne fréquentait pas de femmes médiocres. Margarita était une forte femme, Guenola semblait compliquée, mais sûrement intéressante. Lola mesurait à quel point Thomas était en elle, elle voyait par ses yeux, entendait par ses oreilles. Par cette immersion en lui, elle espérait cerner ce qui l'occupait, ce qui le tourmentait. Ce qu'il voulait. D'elle et des autres. Elle n'était plus une femme qui avait été aimée par un homme, elle était l'amour lui-même, entier, qui englobe l'homme et la femme, le yin et le yang, un double sexe, une double chair. Elle n'était plus Lola, elle était Lola-plus-Thomas, un aigle à deux têtes qui regarderait Guenola avec ses yeux multiples.

18

L'inspecteur Dorieux s'était annoncé, il était ponctuel, comme d'habitude. Cette fois, Lola le recevait avec plus de patience. Elle songea qu'au fond il faisait le même travail qu'elle, à un niveau différent. La précision judiciaire recoupait la sienne, plus métaphysique.

– Entrez, inspecteur, entrez. Il fait trop frais pour rester sur la terrasse. Malgré le soleil, quand on reste assis dehors sans bouger, à la longue on a froid.

L'inspecteur n'avait pas son allure habituelle. On aurait dit qu'il s'était endimanché, briqué, lustré. Il portait un blouson par-dessus sa veste. Il accepta de l'enlever, et le plia en quatre sur une chaise, comme un plaid ou une nappe. Lola avait préparé des biscuits et du thé, sachant que l'inspecteur préférerait un verre de vendange tardive, spécialité des vignobles environnants.

– J'ai quelques questions à vous poser, mademoiselle, et je vous demande d'y répondre franchement. Je vous garantis la discrétion, sur les points que vous désirerez.

– Mon Dieu, commissaire, vous m'inquiétez. Que voulez-vous savoir de si embarrassant ?

La bedaine de l'inspecteur l'empêchait de s'asseoir commodément dans le fauteuil bas que lui avait désigné Lola, il avait les jambes écartées et son pantalon retroussé laissait apparaître un triangle de mollet au-dessus des chaussettes courtes. Il ouvrit sa serviette, sortit une grande enveloppe et reposa la serviette par terre.

– Il s'agit de vos relations avec la victime, et de la dernière journée que vous aviez passée ensemble. Pardonnez-moi d'être direct : est-ce que cet homme était coléreux, a-t-il... porté la main sur vous... ?

Il cherchait les mots les moins rudes. Lola le coupa immédiatement :

– Que dites-vous là ? Nous vivions une idylle enflammée, nous étions au début de notre amour et...

– Vous étiez-vous disputés ? Avait-il des griefs contre vous ?

– Aucun, que je sache. Je ne le connaissais pas bien, je découvrais son caractère, mais nous étions dans la passion, pas dans le conflit, si c'est cela que vous voulez savoir.

L'inspecteur ouvrit lentement l'enveloppe, en sortit des photocopies de feuilles A4 qu'il tendit à Lola.

– C'est l'écriture de Thomas. Je la reconnais..., balbutia-t-elle.

– Lisez, dit lentement Dorieux.

Lola déchiffrait, abasourdie :

Elle me tient prisonnier.

Je suis son pantin, son sex-toy, son objet.

Il faut que je m'en aille. Que je me sauve.

Je ne tiendrai pas longtemps. Je peux finir par l'agresser, la déchirer, l'écraser contre un mur.

Pourquoi suis-je là ?

– Nous avons trouvé ces feuilles dans la poubelle. Elles étaient froissées, elles avaient sans doute été jetées dans une corbeille à papiers, puis dans la poubelle.

– Vous avez fouillé dans la poubelle ?

– Oh c'est la routine, rien que la routine. Ce sont les premiers prélèvements qu'on fait, dans n'importe quelle enquête.

Trois feuilles, toutes manuscrites, avec des encres différentes. L'une au stylo, l'autre à la pointe feutre noire et la troisième à la pointe bleue.

Sur la deuxième, Lola lit :

Ce type est là sans cesse. Il lui tourne autour. Je crois qu'il bande pour elle. Peut-être est-il son amant ? Elle serait capable de me cacher ça, la sainte nitouche. Je vais lui parler. Je vais les obliger à se dévoiler. Je veux qu'ils baisent devant moi, et moi je deviendrai fou, je leur casserai la gueule à tous les deux, je commencerai par lui, ce voyeur agricole, cette fouine que je retrouve dans mes pattes à tout moment.

ÉCRIRE À MAMAN.

Acheter du papier.

Ma queue est en feu. Elle me dévore avec ses sécrétions de femelle en chaleur. Je ne peux pas la supporter et je la désire comme un malade.

PHOTOGRAPHIER SA VULVE.

Arrêter de boire ce vin blanc dégueulasse, je commence à avoir des acidités d'estomac. Et des crampes.

Margarita, tu me manques.

Sur la troisième, des lettres majuscules qui ne forment aucun mot, des dessins assez grossiers de fesses et de seins, et une seule phrase :

Un jour je tuerai.

Lola reposa les feuillets sur la table. De grosses larmes coulaient sur ses joues. Ses lèvres tremblaient.

– Excusez-moi, commissaire, je dois aller chercher…

Elle se leva, vacillante, se dirigea vers la cuisine pour prendre un morceau de Sopalin, se moucha bruyamment et revint s'asseoir.

– Je suis un peu… surprise, monsieur, vous le voyez. Thomas était un garçon particulier, mais je croyais qu'il était heureux d'être ici. Je ne l'ai pas forcé à venir, bien au contraire. Il est venu de son plein gré. Notre liaison avait commencé deux mois plus tôt. J'avais pu m'apercevoir qu'il n'était pas… banal. Notre relation sexuelle était très forte… très forte. Mais normale. Passionnée mais classique, disons. Nous ne pratiquions aucune lubie sexuelle, aucun… jeu érotique, si vous voyez ce que je veux dire. Nous étions parfaitement consentants, l'un et l'autre. Adultes et consentants.

– Mademoiselle, je ne vous demande pas comment étaient vos rapports, cela vous regarde et pas moi, pas la police. Mais pourquoi écrivait-il qu'il était « prisonnier » ?

– Je suppose que c'était une métaphore. Il était attaché à moi, et se rebellait contre cet amour envahissant, peut-être. Je vous assure qu'il ne m'en a jamais rien dit.

L'inspecteur resta un moment silencieux.

– De qui pensez-vous qu'il parle, dans la deuxième feuille ? De Félicien ?

– C'est ridicule. Tout cela est ridicule. Félicien venait, c'est exact, mais pas plus ni moins qu'à son habitude...

– Il vient très souvent, d'habitude ?

– Il est mon jardinier, monsieur. Il y a beaucoup de travail dans un jardin, je suis sûre que vous le savez. En été il faut arroser, sulfater, tailler les vignes, tondre le pré, arracher les mauvaises herbes...

– Je sais, je sais. Félicien est consciencieux. Mais vient-il sans prévenir ?

– Il vient à heures fixes. Je sais toujours à peu près quand.

Lola se garda bien de dire qu'il avait multiplié les visites, depuis que Thomas était là. Elle regarda l'inspecteur avec un œil de méfiance et de ressentiment, les papiers de Thomas avaient définitivement brisé leur ébauche d'amitié. Elle se rebiffa soudain :

– Mon ami était un intellectuel, un écrivain. Qui vous

dit qu'il ne prenait pas des notes pour un roman, ou une pièce de théâtre ? Je ne suis jamais citée, ni Félicien. Qu'est-ce qui vous fait dire qu'il parle de nous ?

– Je regrette, mademoiselle. Je comprends que ces documents vous aient chiffonnée. Je vous les laisse. Nous avons les originaux à la Centrale. Reconnaissez tout de même qu'ils ont de quoi troubler un lecteur ignorant. Je crois tout ce que vous me dites, mais je suis obligé de vous prier de rester à notre disposition pour d'autres interrogatoires, ainsi que monsieur Félicien. C'est le règlement. Moi, j'aurais laissé tomber… C'est mon chef qui veut en savoir davantage.

– Avez-vous d'autres éléments ? D'autres lettres ?

– Non. Nous allons demander à sa maman si elle a des déclarations à nous faire.

– Pauvre femme. Fichez-lui la paix. Elle n'a eu que des soucis, avec ses deux fils.

– On le sait, le frère de votre ami est connu des services de police. C'est un peu pour ça que mon chef…

– Votre chef perd son temps. Et vous me faites perdre le mien. Merci, commissaire.

– Inspecteur… je suis inspecteur.

19

Dès que l'inspecteur fut sorti, sa première pensée alla à Félicien. Fallait-il le prévenir ? Fallait-il lui montrer ces feuillets ? Elle tangua entre le oui et le non, puis décida de ne pas l'appeler. Elle prendrait sur elle, tout cela ne le concernait pas, somme toute. Mais les mots de Thomas tournaient dans sa tête, non seulement ceux qu'elle venait de lire, mais ceux qu'il avait dits, le soir fatal, et la veille, pendant qu'ils faisaient l'amour. La blancheur des intentions de son amant terrible se fissurait. La conduisait-il petit à petit à des actions plus perverses, à de vulgaires « jeux érotiques » comme elle les avait nommés devant l'inspecteur Dorieux ? Voulait-il vraiment l'entraîner dans des amours partagées, dans des parties à plusieurs, avec un deuxième homme ? Pourquoi ? Pour quelle raison avait-il jeté son dévolu sur Félicien ? Parce qu'il était le seul homme dans les parages, ou parce qu'il voulait la choquer, briser des tabous, l'obliger à effacer la distance sociale et physique entre elle et son jardinier ? Les interrogations tourbillonnaient dans son esprit, elle n'y voyait plus clair, et frémissait à l'idée de n'avoir rien vu venir. Avait-elle été étourdie par une faiblesse animale et déplorable ?

La venue de Guenola ne l'enchantait plus, tout à coup. Apprendrait-elle des aspects encore plus noirs de la personnalité de Thomas, ou serait-elle confortée dans sa conviction que Thomas était un homme à part ? Sa mort brutale était-elle préfigurée par sa conduite frénétique, comme l'avait suggéré Margarita ?

Les journées s'écourtent. Avec le retour à l'heure légale, le soir arrive dans les fenêtres sans qu'on s'en aperçoive. Lola tarde à allumer les lampes, elle demeure dans l'obscurité, immobile dans le fauteuil où elle a été clouée par les révélations de Dorieux, petit bonhomme chargé soudain d'un pouvoir immense. Elle n'était pas déstabilisée, mais sonnée, cabossée comme un lutteur qui a encaissé une dérouillée.

Un bruit de moteur se fait entendre. Une voiture qu'elle ne reconnaît pas.

On frappe à la porte de la cuisine. Laure et Félicien entrent prudemment, ils entrent toujours par cette porte-là.

– Lola ? Vous êtes là ?

Lola alluma une lampe et se leva.

– On vous dérange ? Vous étiez en train de vous reposer ?

– Non, Félicien, je regardais le coucher du soleil à travers les vitres. Il est complètement à gauche, maintenant, en été il se couche de l'autre côté du tilleul.

– C'est comme ça, dit Laure, la Terre bouge ! On vous a apporté quelque chose. Je ne sais pas si ça vous plaira, mais on a pensé, mon mari et moi…

Félicien ouvre son blouson où il tient caché un chaton blanc au museau rose vif comme des pétales de géranium.

– La chatte a fait une portée, et il y avait celui-ci, tout blanc parmi les autres tigrés. On a pensé que ça vous ferait une compagnie…

Lola ne put résister à caresser la minuscule tête triangulaire percée de deux grands yeux d'un bleu irréel. Le chaton ronronna aussitôt. Un bruit de locomotive étonnant dans un si petit corps. Ils rirent tous les trois.

– Mes amis, c'est gentil, mais vous savez bien que je ne peux pas m'occuper d'un animal. Qu'en ferais-je dans mon appartement de Paris ?

– Ne vous inquiétez pas, on le prendra quand vous ne serez pas là.

– Non, Laure, je ne veux pas d'un chat en location. Ce n'est pas ma conception des animaux domestiques. Il faut vivre avec eux, et eux avec nous.

– Prenez-le à l'essai, Lola, dit Félicien. Il est propre, et vacciné. Il mange de tout.

– Vous êtes terrible, Félicien, vous me ferez passer pour une femme sans cœur ! Bien sûr qu'il est adorable, ce chaton. Comment l'appellerons-nous ?

Le visage de Félicien s'éclaira d'un grand sourire. Lola avait cédé. Il jubilait. Il savait ce qui était bon pour elle.

– Il n'a pas encore de nom. À vous de choisir.

Lola prit le petit animal dans ses bras en disant :

– Tu seras « le chat », comme La Chatte de Colette. C'est un garçon ?

– Oui, il faudra le faire couper, plus tard, si vous voulez avoir la paix.

– On verra. On verra. Vous m'avez piégée, me voilà mère de famille…

Elle embrassa Laure sur les deux joues, trois fois, comme c'est l'usage en Gascogne.

– Vous ne le regretterez pas, c'est si mignon un chat. Et dans votre situation…

Félicien lança un regard réprobateur à sa femme gaffeuse, et la poussa vers le pas de la porte la première. En se retournant, il dit :

– Dorieux est passé vous voir ? On a vu sa voiture.

Tout se sait dans un petit village. Lola ne pouvait pas cacher la visite de l'inspecteur.

– Oui. Il est venu m'apporter des papiers, rien de spécial. Je vous raconterai. Bonne soirée Félicien. À très bientôt.

Ils échangèrent un clin d'œil complice. Tout était clair

entre eux. Le passage de Félicien allégeait l'angoisse de Lola. Sans lui, elle savait désormais qu'elle ne s'en sortirait pas.

Le petit chat fait le tour de la maison, il flaire les pieds de chaises, les portes de placards, les franges du fauteuil.

– Que vais-je faire de toi, pauvre bête ? Que vais-je te donner à manger, pour commencer ?

Dans la cuisine, elle vit sur la table une écuelle et des sachets de croquettes et de pâtée pour chat déposés par Laure et Félicien. « Ils ont pensé à tout ! Un véritable traquenard. Suis-je une proie facile pour les traquenards ? N'en ai-je pas subi un gigantesque avec Thomas, et un autre, du ciel ? Je suis un paratonnerre, se dit-elle, je sers à déchaîner les éléments, je suis une gouttière où s'accumulent les pluies, et qui déborde les jours de tempête. *Elle me brûle avec ses eaux* a écrit Thomas. Je débordais, je n'avais pas la capacité de retenir ce fleuve, une débâcle de liquides stockés depuis des années, qui attendaient le moment de surgir. » Sucs, larmes, salive et sueur. Elle en a produit ces derniers temps ! Elle est mortifiée mais elle n'a pas honte. Elle pense que toutes les femmes ont d'abondantes réserves inutilisées en elles. Le drame de Madame Bovary est là : elle ne peut pas ouvrir le robinet, elle contient des cataractes de féminité qui ne pourront pas s'épandre. Au moins une fois.

« Moi j'ai ouvert les vannes. Je l'ai fait. Je ne me suis pas refusée. Je coulais comme une source. Je suintais de partout. Je constate que je pleure plus facilement, que je me laisse aller à pleurer. Je pleurerai encore. Est-ce que je jouirai encore ? Je ne peux l'imaginer. Mon sexe est absent, muet. Je ne l'ai pas sacrifié sur l'autel de mon amour brisé, telle une vestale éplorée. Je l'ai perdu, il n'est plus là. Je ne sais pas où il est, il ne me manque pas. Il a disparu. »

Le chaton a trouvé son écuelle, il mange maladroitement en salissant le carrelage.

– Tu en mets partout, mon bébé. Il va falloir que je t'apprenne les manières, dit-elle, conquise. Tu vas avoir soif. Je vais te donner un peu d'eau.

Elle attrapa une boîte en plastique qui avait perdu son couvercle et la remplit d'eau minérale.

– De l'eau de source, s'il vous plaît, jeune homme…

Le chaton la regarda sans gratitude spéciale. Il n'avait rien demandé. Il prenait ce qu'on lui donnait. Ne commençons pas à renverser les rôles, c'est moi qui suis le cadeau, toi tu dois être contente, et m'aimer, un point c'est tout.

Le chat s'endormit avec elle, lové sur le deuxième oreiller. Lola songea, pour la première fois, qu'elle pourrait regagner sa chambre au rez-de-chaussée. Dans le grand lit elle ne risquerait pas d'écraser le chat en se retournant, et par la fenêtre entrouverte, il pourrait sortir et gambader à la poursuite des mulots dans les bosquets nocturnes.

20

Lola n'ouvrit les mails de Thomas et de Guenola que la veille de l'arrivée de celle-ci. Neuf messages en tout.

Elle s'y était préparée comme à une épreuve sportive. Un grand verre d'eau. Un survêtement, par-dessus un sweat-shirt, bien nommé. Elle transpirera certainement. Elle installa l'ordinateur de Thomas sur la grande table, à côté du sien, où elle transférait les fichiers, au fur et à mesure. Elle avait déjà reporté les textes jetés dans la poubelle et repêchés par Dorieux, et surveillait à présent tout ce qu'elle jetait elle-même. La cheminée était providentielle, les feuilles imprimées s'envolaient en fumée. De même, Lola effaça-t-elle dans la boîte de Thomas tout ce qu'elle avait transféré dans la sienne. Bientôt il n'y aurait plus rien, et il faudrait un informaticien bien retors pour retrouver traces de ces messages. Il paraît qu'on retrouve tout, avec des moyens et de la patience. L'affaire « Thomas » ne susciterait pas tant de zèle, assurément.

La correspondance avec Guenola était d'un tout autre style qu'avec Margarita. On eût dit qu'ils se parlaient en langage codé, comme des espions au temps de la guerre froide, et peut-être encore maintenant, à l'heure de WikiLeaks. Phrases courtes, sous-entendus, répétitions de mots, ponctuation fréquente, points d'exclamation en série, ou points de suspension entre les mots. Un dialogue bégayé, adolescent, émaillé de mots savants et de termes empruntés à la philosophie et à la psychanalyse.

Les collines du Gers dessinent un parcours du Tendre, avec eaux, arbres, buissons et sentiers bordés de lavandes. Mon hôtesse croit que tout cela lui appartient, a été conçu pour elle. Marie-Antoinette.

KAÏROS !!!!! Œuvrer ! Œuvrer ! L'ours ne voit rien.

J'ai regardé attentivement un nénuphar. Fleur idiote plus proche de la laitue que de l'ornement. On vénère sa faculté de s'ouvrir avec le soleil et de se refermer le soir.

Ton soir permanent…

Mon aube incertaine…

Je te demande pardon.

On offre ce qu'on a.

Mon hypercut.
Vole, Kaïros, vole !

Cette prose énigmatique ressemble à des vers d'Henri Michaux écrits sous mescaline. Lola étudie chaque ligne, chaque terme. Les réponses de Guenola ne sont pas moins mystérieuses.

Pas encore.
Phase annale. Je suce mon pouce jusqu'au sang.
En plein XVIIIe siècle. Femmes transfuges de toute l'Europe.
Madame Swetchine : « N'y a-t-il donc pas assez longtemps que vous êtes au milieu de nous pour savoir que les femmes russes, qui consentent parfois à être battues, n'ont jamais souffert d'être boudées. »
Regarde le lézard sous le nénuphar. Ich bin's.
Pas assez d'argent pour reprendre.
N.S.A.I.
N.S.A.I.
J'attends ton texte. J'ai une piste chinoise.
Ombre, oui.
G.

En pièce jointe, une photo d'un œil en très gros plan, un œil de femme maquillé tout autour d'un arc-en-ciel de couleurs. Lola imprima cette photo, l'observa longuement, persuadée qu'elle contenait un indice important. Elle devrait prendre des leçons à la PJ, se dit-elle. Le sigle « corbeille » la narguait, sur les Mac il est spécialement réaliste. Thomas y jetait ses vérités, et son insatisfaction. Ses misères aussi, que cet abominable inspecteur avait déterrées. Ce qu'on écrit au fil de l'humeur, sans réfléchir, fait-il office de preuve, de mobile valable ? Aux dires de la police, plus qu'une lettre officielle. Dorieux avait insinué que les brouillons griffonnés, les petits dessins et l'écriture automatique en disaient long sur un individu. Lola refuse ces arrêtés simplificateurs, mais n'était-elle pas elle-même en train de passer à la loupe les phrases spontanées d'un dialogue informatique ? Dans le cadre de la justice, il s'agissait d'incriminer quelqu'un, tandis qu'elle cherchait la vérité, seulement la vérité, contradictoire, poétique et psychologique. Loin de tout jugement et de toute velléité de représailles. Un verdict mais pas de punition. La vérité est au-delà du bien et du mal, elle en a fait l'expérience dans son travail. La morale s'accommode mal de la vérité, il faut se méfier de soi-même dans les analyses, nous sommes perclus de morale, un habit dont on se défait difficilement.

Le personnage de Guenola se dégageait petit à petit. Hermétique, craintive et assoiffée de réponses stimulantes. On la sentait en retrait, en suspens comme une femme recluse, ou solitaire. Accrochée à Thomas. Il tenait une place centrale. Elle l'écoutait avidement.

Mais elle répondait, elle n'était pas écrasée. Elle ne lui mentait pas, elle dévoilait ses failles avec audace. « *Je ne crois pas au bonheur. Je ne suis pas sourde, ni aveugle. Comment ignorer la tragédie humaine ?* » Thomas la traitait avec égards, mais aussi avec une certaine cruauté. Les jeux entre eux étaient vifs et perçants. Quelles affinités les alimentaient ? Par quelle sorte d'attirance étaient-ils liés ?

Charabia d'universitaires, ne put s'empêcher de penser Lola. Déviances de cerveaux qui ont trop lu, trop appris, trop fraîchement. « Je suis d'une génération qui avait la tâche de mettre en pratique les avancées de 68. Pas le temps de gratter ses plaies. » Mais autant les mails de Margarita la laissaient froide, autant les échanges avec Guenola lui pinçaient le cœur d'une pointe de jalousie. Elle éprouvait tout à coup une nostalgie pour un âge qu'elle avait dépassé depuis longtemps. La jeunesse explosait dans ces mails, avec son cortège d'idées fausses, de propos sans fond, de culture mal digérée. Elle revit le sac désordonné de Thomas, les vêtements en boule, au milieu des livres et des médicaments épars. Cette correspondance lui ressemblait, en vrac, en transit. On rangera demain. Pour l'instant on vit l'excitation suprême de ne rien prévoir, d'émettre le plus grand nombre de concepts, sans priorité ni logique. Sans préjugés non plus, ce qui rendait Thomas si séduisant.

Neuf messages, cinq de Thomas et quatre réponses de Guenola. Lui en parlerait-elle demain ? Fallait-il être diplomate, éviter que la jeune femme se braque, ou au contraire prolonger le jeu de Thomas ? Lola était indécise. Le combat serait inégal, elle détenait des informations que son adversaire ignorait. Elle leva les yeux de l'ordinateur : Pourquoi pensait-elle trouver une adversaire en Guenola ? Quel signal le lui faisait craindre ? Son regard au cimetière ? Le fait qu'elle-même ne soit jamais citée dans les mails ? Les quelques mots hostiles au téléphone ? Tout donnait à penser que la rencontre serait rude.

Lola était prête à l'affronter, prête à tout entendre, tout pour se rapprocher de la lumière.

21

Nous avons tiré un sanglier dans le champ de Gaston, un mâle de cent vingt kilos qui avait une défense brisée. Un seul, malheureusement, la horde a échappé à la battue. Nous n'étions que quatre, ce n'est pas assez pour couvrir les angles d'un terrain, les jeunes ne veulent plus prendre un fusil en main, ils préfèrent se faire éclater la rate au rugby, comme le pauvre Lucien, on a dû l'opérer d'urgence, il a souffert le martyre entre le stade et l'hôpital, l'ambulance le secouait sur les petites routes. Je comprends, la chasse n'a pas bonne presse, mais en attendant les chevreuils pullulent, les sangliers dévastent les maïs, et les renards se servent dans les poulaillers. Moi non plus, je ne suis pas pour la chasse, il m'arrive de ne pas armer ma carabine une seule fois pendant mes longues marches, mais je crains que les jeunes ne s'y intéressent pas par paresse, parce qu'il faut se lever tôt le matin, parce qu'il faut entretenir ses armes, fabriquer les munitions, parce qu'il faut savoir un tas de choses sur la nature, les espèces, les habitudes de chaque animal. Il ne s'agit pas de flinguer les merles et les écureuils, il faut connaître, avoir l'œil, écouter, ne pas faire de bruit, ne pas se laver avec du savon parfumé ni mastiquer du chewing-gum. Il faut se contrôler, c'est une école de maîtrise de soi, mieux que les arts martiaux. Mais je braille dans le désert, peine perdue, je n'ai pas raison, les chasseurs sont mal vus et ça ne changera pas. Il y en a que je déteste, ces gros rougeauds pleins de gnôle, ces viandards qui tirent sur n'importe quoi, qui attendent l'ouverture pour faire péter toutes leurs cartouches, c'est le bruit des armes qui leur plaît, ils n'y connaissent rien, ils pourraient se canarder les uns les autres. Quand je sors dans les clairières je fais bien attention, je regarde autour de moi, des fois qu'un de ces massacreurs s'énerve et me confonde avec un cervidé. Il en vient d'Italie, quelquefois, ils débarquent à l'aube à cinq ou six dans leur 4×4, armés jusqu'aux dents, ils ratissent les champs, les vignes, les prés, ils s'en fichent des règlements, ils poursuivent le gibier jusqu'au pied des maisons, ils font crier les femmes et les enfants, mais rien n'y fait, ils gueulent des gros mots en patois italien, leurs chiens sanguinaires affamés volontairement aboient, ils continuent leur chemin sans s'excuser et ils se sauvent quand le soleil est haut. Les gendarmes n'ont pas le temps de les localiser, chaque année ça recommence, ils sont malins, ils se pointent dans un coin différent chaque fois, on dit qu'ils ont des GPS de l'armée qui indiquent le moindre fossé, les mares, les silos. Ce ne sont pas des chasseurs, ceux-là, ce sont des barbares.

Près de l'étang, j'ai vu une famille de colverts, je n'ai rien dit à personne, je sais que si Lola les voit elle va vouloir les protéger, les nourrir, comme elle avait fait pour un faon et sa mère, il y a deux ans. Elle m'a ordonné de ne pas débroussailler le fourré en amont du ruisseau, c'est là qu'ils se cachent en hiver, c'est moi qui lui avais montré leur litière. Les biches accouchent dans les bois, sur un tas de paille dont elles recouvrent le petit, tant qu'elles l'allaitent. Lola a été émue de voir cette couche encore chaude. Elle possède une petite carabine héritée de son père, elle dit qu'elle tirera sur le chasseur qui touchera un seul poil de ses chevreuils, comment peut-on chasser des animaux aussi ravissants, élégants, même s'ils mangent tout, les boutons de roses et les pousses d'arbres. Je suis d'accord, ils sont jolis, mais ce sont des chèvres, il ne faut pas l'oublier, ça grignote tout, ces bêtes-là, ils peuvent te mettre un buisson à nu, sans laisser une seule feuille.

Aujourd'hui, il y a du nouveau : Lola est éprise de son petit chat, c'est une chance, elle lui parle, elle lui a fabriqué une caisse dans la remise près de la cuisine, pour ses besoins les jours de pluie, les chats n'aiment pas la pluie, c'est un fait. Elle lui a acheté une pipette contre les puces et les tiques, elle va le faire tatouer, bref, elle s'en occupe, tant mieux. Mon plan a fonctionné. J'étais sûr qu'il fallait qu'elle focalise sa tendresse, son besoin d'affection. Moi je peux lui assurer de la tranquillité, du confort, mais pas de la tendresse. On ne peut pas vivre sans tendresse.

Dorieux est revenu me casser les pieds, je lui ai dit écoute arrête, qu'est-ce que tu cherches, il n'y a rien à raconter, le type est mort par accident, une malchance, une terrible malchance, je n'y peux rien s'il ne m'a pas écouté quand je lui ai crié de s'écarter, il était trop loin pour que je le tire par le bras, c'est arrivé si vite, on n'imagine pas comme ça vient vite. Je ne peux pas lui dire que j'étais hors de moi, qu'on s'était violemment engueulés, qu'il m'avait frappé, qu'il se foutait de ma gueule en ricanant. Non, ça, je ne peux pas le raconter. Ou il faudrait que j'invente une raison à notre altercation, une raison qui n'implique pas Lola, qui ne la mette pas en cause, qui l'épargne. C'est trop tard. Ou il fallait que je dise tout le premier soir, ou il faut que je me taise maintenant. Je vais me taire. Je ne parlerai jamais. Je garderai ce secret pour moi toute ma vie. Un secret très lourd, qui me pèse. Tant pis. Je ne peux plus revenir sur ce que j'ai dit. Ce n'est pas pour moi. C'est pour elle. Pour qu'elle ne soit pas salie. Pour que tout ça reste enterré, avec lui.

22

En quelques semaines, tout avait changé. Les arbres dénudés permettaient de voir au loin, à travers les branches, le chemin en contrebas et la maison des Bouzigues, maintenant rachetée par madame Pelletier, pour ses fils. Une belle maison en pierre presque toujours fermée, ils ne viennent jamais.

Lola jouit de ce vallon sans partage, et de ce bout d'étang.

Elle descendait calmement vers le bouquet de joncs qui n'avaient pas bougé, eux. Les herbes hautes stoppèrent le chat qui la suivait. Il regarda Lola, les yeux grands ouverts de reproche et d'anxiété. Où vas-tu, maîtresse ? Ne m'abandonne pas. Elle revint sur ses pas, amusée, le prit dans ses bras, et après un câlin, le fourra dans la poche de son tablier.

– Tu es bien, là, petit maraudeur. Tu me transformes en maman kangourou !

Le chat répondit par un bref miaulement, c'était un chat causeur, il chantait, il donnait son avis. Lola s'était prise d'affection pour lui, elle n'avait jamais connu de chat aussi sympathique. Un vrai compagnon, toujours prêt à engager la conversation.

– Et maintenant, le chat, tu vas voir l'étang. Mon étang. Ne t'inquiète pas, je ne vais pas me baigner.

Son pied écrasa un objet qui craqua sous sa semelle. Des lunettes. Les lunettes de Thomas. Lola les ramassa avec précaution, les porta à son cœur et éclata en sanglots. Sa poitrine était secouée de hoquets, le chat ballotté dans sa poche était terrorisé. Lola dut s'appuyer à un arbre. Elle s'accroupit et s'abandonna au chagrin comme une enfant.

À ce moment-là elle entendit un klaxon. Une voiture s'arrêtait devant la porte d'entrée du garage. Une plaque parisienne. C'était Guenola, sans doute.

Lola essuya ses larmes avec un coin du tablier, en tirant le chat ébahi, respira profondément et remonta la côte vers la maison, en marmonnant :

– *Forzá*, Lola. Courage, ma vieille.

Puis à voix haute :

– J'arrive ! J'arrive !

Guenola est une beauté. Ses longs cheveux noirs encadrent un ovale pictural, ses yeux bruns sont pailletés d'éclats d'or, et ses lèvres charnues celles que toutes les jeunes filles d'aujourd'hui envient. Lola n'avait pas remarqué qu'elle était si belle, au cimetière. La lumière drue de l'été et son expression rageuse l'avaient durcie, empâtée ce jour-là.

Lola sentit le regard de la jeune femme sur elle : que voit-elle à son tour ? Est-elle déçue, confortée ou indifférente ?

Elles se sont assises face à face, à la table de la cuisine. Lola a offert une tasse de thé vert, que Guenola a acceptée.

– Vous avez mis combien de temps ?

– Sept heures. C'est loin, votre bled.

– Oui. De Paris, c'est un problème. Ou un avantage, selon.

– Vous êtes ici depuis longtemps ?

– Dix ans. Mais je ne sais pas si je vais rester.

Un silence. Un long silence. C'est Guenola qui attaqua.

– Il aimait ici. Il disait que c'était vrai. Que c'était une maison vraie.

– Je ne sais pas. Il ne m'en a presque rien dit. Si, une fois. Il a dit que la maison me ressemblait. Mais je ne sais pas si c'était un compliment.

– Où dormait-il ?

Lola eut un instant d'hésitation. Guenola pensait-elle que Thomas faisait chambre à part ?

– Là-bas, dans ma chambre.

Guenola la dévisagea, impassible et raide.

– Puis-je aller voir ?

– Bien sûr, répondit Lola.

Elles se suivirent dans le couloir, Lola ouvrit la porte lentement, alluma la lumière.

– C'est la première fois que je reviens ici…

Elle se retourna et vit la longue silhouette de Guenola dans l'embrasure de la porte.

– Voulez-vous dormir dans cette chambre ?

Guenola réfléchit, elle se racla la gorge et dit :

– D'accord.

Elle s'approcha de Lola, et soudain elles tombèrent dans les bras l'une de l'autre. Elles pleuraient en silence, et demeurèrent longtemps enlacées ainsi, dans la lumière ocre de l'abat-jour. Le feu crépitait dans la pièce voisine, comme pour se rappeler à elles, je suis là, je suis la chaleur et la cendre, je réchauffe et je détruis.

Lola se reprit la première :

– Venez, je vous montre la salle de bains.

Le visage de Guenola s'était adouci, elle avait l'air soudain d'une extrême jeunesse, presque adolescente.

– Installez-vous. Je vous montrerai le reste, dehors, avant qu'il ne fasse tout à fait nuit.

Elles firent le tour de la maison. Lola montra le lieu de l'accident, l'imposante souche de l'arbre. Elle voulut aller jusqu'à l'étang, mais la brume était montée, on ne voyait plus grand-chose.

– Je vous ferai visiter tout ça demain. Rentrons, le feu nous attend.

Guenola avait le pas léger et discret, elle présentait son corps de côté, les jambes vers l'intérieur. Une démarche contrariée, de travers, comme retenue par des fils. Elle était grande et semblait s'excuser de sa taille, elle courbait les épaules, l'une plus basse que l'autre, et oubliait de relever ses cheveux qui pendaient sur son visage. L'ensemble était agréable à regarder, elle avait la pudeur des belles personnes qui ne veulent pas offenser ceux qui sont moins dotés qu'elle.

« Cette jeune fille avait sa place près de Thomas, ils devaient former un joli couple, côte à côte, se dit Lola avec probité. Ils ont quelque chose en commun, une ressemblance, un air de famille. La tranche d'âge ? Les origines ? »

– D'où êtes-vous, Guenola ?

– Je ne comprends pas la question. Je vis à Paris. Depuis toujours.

– Vous avez un prénom breton. Vos parents sont de quelle région ?

– Compliqué. Je ne sais pas bien.

Lola comprit que Guenola ne voulait pas en parler. Elle devait veiller à sa manière de poser les questions. Ne pas la brusquer.

– Je trouve que vous lui ressemblez un peu…

– Rassurez-vous, aucun lien de parenté, pas de cousinage incestueux. Vous vouliez me donner quelque chose.

Lola sortit les lunettes de sa poche et les tendit à Guenola, sans réfléchir.

– Elles sont à lui.

Guenola les prit avec délicatesse.

– J'ai pensé que vous aimeriez avoir un objet qui lui appartenait, quelque chose d'intime. Elles sont un peu cassées, j'ai marché dessus par hasard. Venez, on va dîner.

Les deux femmes se levèrent et se dirigèrent vers la cuisine. Lola s'affaira, donnant des instructions à Guenola, qui n'était pas très dégourdie. Thomas non plus n'était pas pratique. Les empotés ont beau vouloir être serviables, ils finissent par déranger.

– Prenez ce plateau, on va dîner sur la table basse devant le feu, c'est plus agréable. Je vous ai fait de la purée de patate douce, des cocos et des salsifis. Vous mangez tout ça, n'est-ce pas ?

– Je ne mange pas de viande, un peu de volaille seulement.

– Ça tombe bien, il y a du poulet rôti. Thomas aimait le poulet rôti.

– Thomas était un caméléon. Avec vous il aimait le poulet, avec moi il n'aimait que les légumes…

– Avec Margarita il mangeait de la viande.

– Vous connaissez Margarita ?

– Je suis allée la voir à Santander.

Guenola marqua un silence, avant de murmurer :

– Une femme terrible. Elle le persécutait.

– Comment ça ?

– Elle le tenait. Elle ne le lâchait pas.

– Elle l'aimait, peut-être ?

– Non. C'est une femme qui asservit les hommes.

– Qu'est-ce qui vous fait dire cela ?

– Ses visites à l'improviste. Ses chantages. Ses goûts sexuels. Ça ne s'explique pas. Avec elle il était un petit garçon. Et pourtant ils se disputaient sans cesse. Elle lui prêtait de l'argent. Qu'il ne pouvait pas lui rendre. C'est moi qui remboursais quelquefois. Il avait tout le temps besoin d'argent. Je ne sais pas ce qu'il en faisait. Il vivait modestement. Il s'en foutait.

– Il n'avait qu'une chemise et un pantalon…

– Il ne buvait pas, ne fumait pas, je ne sais pas. Vous a-t-il demandé de l'argent ?

– Non. Pas que je me souvienne. Nous n'avons pas eu le temps d'aborder ces questions-là. J'avais rempli le garde-manger pour que nous n'ayons pas de courses à faire. Je n'attendais pas qu'il participe. Je sais ce que gagnent les profs. Nous avons trouvé vingt-cinq euros dans son portefeuille… J'ai tout remis à sa mère.

Guenola contemplait le feu. Penchée ainsi, les yeux absents, elle ressemblait à un Vermeer.

– Guenola, je vous remercie d'avoir accepté mon invitation. J'ai besoin de vous. J'ai besoin de savoir certaines choses. Je suis en train d'écrire un livre sur Thomas. Ça vous paraîtra un peu bêta, mais c'est la seule façon que j'aie pour m'en sortir.

– Vous aussi ?

– Quelqu'un d'autre écrit un livre sur lui ?

– Oui. Moi.

Un silence tomba sur la pièce surchauffée par les flammes hautes de la dernière bûche que Lola a mise dans la cheminée.

– Une biographie ?

– Non. Un roman.

Dans la hiérarchie littéraire, le roman est au-dessus de la biographie, ou de l'essai. Lola le sait bien.

– Un roman… roman ? Une fiction ?

– Un roman vécu, comme on fait maintenant. Mais je ne sais pas encore.

– Vous écrivez depuis longtemps ?

– Depuis le jour où…

– Depuis l'accident ?

– C'est ça.

– Vous destinez ce livre à la publication ?

– Je n'en sais rien. J'espère. Ce serait mon troisième livre.

Elle avait devant elle un auteur, une femme qui voulait faire métier d'écrivain. Qui allait se servir de Thomas pour nourrir son écriture.

– Moi, c'est totalement différent. J'écris pour moi. Pour mettre de l'ordre. Pour comprendre.

– Si vous ne publiez pas, ça ne servira à rien.

– Pourquoi ?

– Si vous gardez tout pour vous, vous ne vous libérerez pas.

– Je n'y ai même pas songé. Je n'ai publié que des ouvrages collectifs, avec mes confrères historiens. Je ne prétends pas être un écrivain. Et je ne tiens pas à me libérer.

– Mais vous voulez atténuer votre souffrance. Si vous prenez le risque d'être lue, vous déplacez la souffrance, vous la poussez ailleurs, pour qu'elle laisse place à la création, c'est-à-dire à la vie.

La maturité de cette jeune fille était troublante. Lola était admirative, sincèrement admirative. Et heureuse de pouvoir admirer quelqu'un, fût-ce une jeune rivale, qui venait la bousculer.

– Vous êtes très sage, Guenola. D'où vous vient cette maturité ?

– Je ne suis pas sage. Je suis atrophiée. Je comprends avant de ressentir. Thomas me le reprochait.

– Il était exigeant. Mais fidèle aux gens qu'il aimait, il me semble. Puis-je vous poser une question ? Comment était votre relation… physique ?

– Sexuelle, vous voulez dire ? Nous n'en avions pas. Quand on s'est connus, on a fait l'amour la première semaine, ce n'était pas brillant. Alors j'ai arrêté. Je lui ai dit que je n'aimais pas ça, que je me sentais « chosifiée », que je n'avais pas de plaisir. Il a respecté ma volonté. Nous étions très proches mais nous n'avions pas de rapports. Je suis frigide, je pense. Il disait que j'étais homosexuelle. Mais je ne crois pas. Le sexe ne m'intéresse pas, c'est tout.

Lola écoutait, médusée. Cette jolie fille au visage tendre refusait l'amour. Lucidement. Sans drame. Sans regret.

– Vous en avez parlé à quelqu'un ? Un psy ?

– Je vis au milieu des psys. Je suis dans la classe d'Élisabeth Rudinesco. Mon problème n'en est pas un. Je me passe très bien de ces tripotages et de ces lèchements. Je n'y ai jamais rien trouvé de palpitant.

Lola la fixait, bouche bée.

– Je vous étonne ? poursuivit Guenola. Je n'ai aucune difficulté à en parler. Je n'attends pas le déclic providentiel. Disons que je ne crois pas à l'amour rédempteur, je pense que nous sommes victimes de nos sens, que le désir est une addiction commandée par les phéromones. Le reste n'est que littérature.

– Si vous aviez raison, le monde s'arrêterait.

– Vous ne trouvez pas que nous sommes déjà assez nombreux sur Terre ? Chacun son rôle. Je ne me sens aucune obligation, face à la procréation.

Sa tranquille assurance forçait le respect. Lola était touchée, elle découvrait un nouveau type de femme, une mutante, vouée à des fonctions inédites, à des joies inconnues.

– Votre confiance m'oblige à vous dire la vérité. J'ai retrouvé vos derniers messages sur l'ordinateur de Thomas. Je n'avais jamais fait cela de ma vie, lire un courrier qui ne m'était pas destiné. Je ne le regrette pas. Je suis à la poursuite de sa vérité. Je suis bombardée de données contradictoires, depuis qu'il est parti. Je veux comprendre qui il était, et si je l'ai aimé…

– Vous n'en êtes pas sûre ?

– Non. J'ai été happée, aimantée on pourrait dire. Je ne sais pas à quoi cela tenait.

– Thomas était un prédateur, et comme tous les conquérants, il était fragile et déchiré par le doute. Sa seule parade était l'arrogance.

– Je l'avais compris. Mais je vais vous paraître illuminée, ou mystique : je voudrais comprendre sa mort. Pourquoi il est mort ici, chez moi, avec moi.

– Vous pensez qu'il y a un message là-dedans ?

– Oui. Je ne peux le dire qu'à vous. Vous pensez que je suis folle ?

– Pas du tout. Il m'avait peu parlé de vous. J'en avais conclu qu'il vous estimait. Que vous occupiez ses pensées. On ne peut pas parler d'amour avec lui. Il luttait de toutes ses forces contre l'attachement, la conjugalité.

– Que veut dire NSAI ?

Guenola ne sourit pas. Elle répondit gravement :

– C'était un code entre nous. Cela signifie : Ne Subir Aucune Influence. Une règle de vie. Une règle philosophique.

– Vous voyez, je pense au contraire qu'il faut se laisser envahir par les bonnes influences, que le monde change grâce à ces interpénétrations. Quant aux philosophes, n'ont-ils pas évolué en s'opposant les uns les autres ? Ou dans le prolongement d'une pensée ?

– Quand on a mon âge, la difficulté est de se démarquer, se distinguer. Pas à tout prix, mais si on ne se forge pas une voix rapidement, on est noyé dans la masse. Il y a tant de diplômés aujourd'hui, tant de thésards, de grosses têtes. Je vous l'accorde, nous étions un peu excessifs, Thomas et moi.

Les yeux de Lola brillaient. Cette conversation inespérée la ravigotait.

– J'ai bien fait d'insister pour que vous veniez. Vous m'éclairez sur bien des choses. Et vous, qu'est-ce qui vous a poussé à venir me voir ?

– Il fallait que je vous détruise. Que je vous tue. Virtuellement, vous étiez trop puissante. En vous matérialisant, je savais que je vous réduirais.

– Je ne suis pas dangereuse, vous savez. J'ai été complètement débordée par cette relation, et par les événements qui ont suivi. Je ne sais pas si j'arriverai à sauver ma peau.

En disant cela, deux voix chuchotaient en elle : l'une confirmant sa position de force, elle avait été la dernière, elle avait reçu de Thomas un legs inappréciable, la connaissance de la passion ; l'autre ironique, pauvre fille, tu t'es emballée sur un type qui s'amusait avec toi, qui passait d'un lit à l'autre sans remords, qui se défilait, qui a fait souffrir toutes les femmes qu'il a approchées.

Elle se leva pour aller chercher du pain.

– Connaissez-vous Missy ? demanda Guenola.

– Non. Je voudrais la rencontrer. Qui est-elle, vous la connaissiez ?

– Oui. Elle travaillait pour Thomas.

– Elle était son assistante ?

– Non ! C'est une prostituée. Elle travaille dans la rue de Thomas, dans le 19e.

– Je ne saisis pas…

– Il était son souteneur, si vous préférez. Elle était folle de lui.

Lola se laisse choir sur la chaise, pétrifiée.

– Il était son… souteneur ?

– D'abord il a été son client, puis elle s'est amourachée, elle le couvrait de cadeaux, elle a fini par lui donner de l'argent. C'est elle qui le lui a proposé. Je ne suis pas sûre que ce soit une bonne idée de la rencontrer.

– Pourquoi ?

– Elle vous crèvera les yeux. Pour elle, vous l'avez tué.

23

Elle en avait assez entendu pour ce soir.

– Voulez-vous une tisane ? J'ai du tilleul maison.

– Non merci, répondit Guenola. Je vais me coucher. Je commence à sentir le voyage dans mes cervicales.

Lola l'accompagna dans sa chambre, s'assura que le sèche-serviette était bien chaud dans la salle de bains, et qu'aucune ampoule ne manquait.

– Si vous avez froid, n'hésitez pas à allumer le radiateur électrique, ça chauffe très vite. Il fait un peu de bruit, c'est un vieux modèle, mais c'est supportable.

– Merci, dit Guenola en se déchaussant. Je serai vite sous la couette.

Lola revit Thomas près de ce lit, pieds nus. Il avait pris possession des lieux en un instant, comme Guenola.

– Voulez-vous fermer les volets ?

– Non, j'aime bien être réveillée par la lumière du jour, merci. Juste une question. Est-ce que Thomas a eu une crise, pendant qu'il était ici ?

– Une crise de quoi ?

– Thomas était un maniaco-dépressif léger. Il avait des crises de temps en temps.

– Non… Je ne crois pas… Il me semblait en pleine possession de son corps, il ne m'en a pas parlé…

– C'est une maladie héréditaire, on le soignait depuis l'enfance.

– Ça se manifeste comment ?

– Des sautes d'humeur, des colères atroces suivies de moments de grande dépression.

– Je n'ai rien remarqué. Nous ne nous sommes pas beaucoup quittés, pendant son séjour. Il était… normal.

– J'avais eu l'impression, un soir… Il m'avait appelée la nuit. Il n'appelait pas Margarita, dans ces cas-là. Il appelait sa mère ou moi. Dernièrement, plus souvent moi.

– Il souffrait ?

– Oui, il avait un sentiment d'étouffement, d'enfermement.

Lola pensa aux feuillets que lui avait apportés l'inspecteur Dorieux. Ce que disait Guenola expliquait peut-être les mots jetés sur le papier. Elle les montrerait à la jeune femme demain, ce soir elle était trop fatiguée.

– Bonne nuit, Guenola. Nous reparlerons de tout cela demain

Lola monta dans la chambre où elle s'était installée depuis la mort de Thomas, les joues en feu. Elle remuait dans sa tête tout ce qu'elle avait appris ce soir. Thomas, l'ange Thomas, le diable Thomas était un maquereau maniaco-dépressif ! Elle en rit presque, dans le miroir de la salle de douche où elle se regardait, chamboulée. Le réel, un réel grimaçant et poisseux la narguait. Elle en avait pris le risque, chaque personne qu'elle questionnerait sur Thomas pourrait ajouter une couleur criarde au tableau.

Une émotion soudaine la submergea : Thomas l'avait protégée de ce réel, il avait souhaité une relation idéale avec elle, hors des problèmes et des contingences. Ils étaient allés assez loin pour qu'une intimité se tisse, pour qu'il en vienne à parler de lui, de ses contraintes, de ses empêchements. Lola avait parlé d'elle, de ses parents, du couple chaotique et finalement solide qu'ils avaient constitué, sans songer à l'avenir de leurs deux filles, sans se priver de leurs propres errements. Elle avait parlé de ses hommes précédents, de ses déceptions, de ses espoirs. Lui, rien. Il n'avait parlé de rien ni de personne. Tenait-il à éviter les travers de la confession qui ramollit les consciences ? Cherchait-il à créer une forme de duo parfait, libéré des épanchements suaves de l'amour, qu'il condamnait et abjurait ? Et s'il avait tenté d'inventer une forme supérieure d'amour, entre œuvre d'art, amour céleste, modèle exemplaire détaché de la lourdeur du réel ?

– Tu l'aimes, hein ? lui dit le chat dans un miaulement.

– Si je l'aime ? Il y a une chanson russe qui dit : *Mamma, ia joulika lioubliou*, ça veut dire : « Maman, je suis amoureuse d'un voyou. » On peut aimer un voyou. Les voyous sont rarement seuls, ils sont recherchés, on les adore, ils enjôlent, ils intriguent, ils sont insaisissables, on veut les attraper. Lola n'en avait jamais rencontré, elle se croyait insensible au charme canaille. En Thomas elle aimait l'intelligence, l'indépendance d'esprit, pas la rudesse de son égoïsme masculin, ni ses mauvaises manières de garçon de la rue. Il s'était hissé au-dessus de sa condition à force d'études, de boulimie culturelle, d'appétit de savoir. Il la bluffait, il l'impressionnait. Ou bien se trompait-elle sur elle-même, plus crédule et plus demandeuse d'affection qu'elle ne le croyait ?

Soudain elle entendit du bruit au rez-de-chaussée. Guenola s'était levée et cherchait les interrupteurs de la cuisine. Voulait-elle une bouteille d'eau ? Le chat s'était peut-être faufilé dans sa chambre et l'avait dérangée. Lola se leva, enfila une robe de chambre et descendit.

– Guenola ? Vous avez besoin de quelque chose ?

– Merci Lola, je cherche un verre et un peu d'eau.

Lola sortit une bouteille pleine d'un placard et la tendit à Guenola qui but à la bouteille, sans attendre le verre.

– Vous n'arrivez pas à dormir, vous non plus.

– J'ai du mal, répondit Lola avec lassitude.

– J'ai failli m'éclipser et reprendre la route, mais j'ai pensé que ça n'arrangerait rien. Je ne dors pas beaucoup, depuis…

– Moi non plus. Sauf avec des médicaments.

Un temps. Elles se regardèrent, sans hostilité.

– Vous l'aimiez ? dit Lola doucement.

– Je l'aimais, oui. Et pourtant je l'ai haï. Vous voyez cette cicatrice ?

Guenola souleva ses cheveux et une fine griffure apparut, inscrite définitivement sur sa tempe.

– Il m'a frappée plusieurs fois. Sa bague m'a fait cette déchirure. J'ai hurlé. Il y avait du sang partout. Il m'a accompagnée aux urgences. Il était sincèrement désolé. Moi j'étais furieuse. On est restés sans se parler pendant des mois. Et puis je l'ai rappelé. Juste avant de venir chez vous, il a eu une crise, il a failli me rendre aveugle, il m'a frappée près du nez, j'ai eu un œil au beurre noir pendant trois semaines.

– Et vous l'avez maquillé avec un arc-en-ciel de couleurs, c'est ça ?

– Vous avez vu la photo ? Oui, c'est ce que j'avais inventé pour pouvoir me présenter à mes élèves. Je disais que c'était la mode des peintures faciales, comme le « body art ».

– Pourquoi vous frappait-il ?

– Parce que je lui résistais. Physiquement et mentalement. Il ne supportait pas cela.

– Vous pensez que je suis une mauviette, moi qui ai tout accepté ?

– Je ne sais pas ce que vous avez accepté.

– Avez-vous le courage de l'entendre ?

– Oui. Mais j'ai froid. Venez dans la chambre, nous nous mettrons sous les couvertures.

Elles allèrent se glisser dans le lit où Lola et Thomas avaient passé des nuits à faire l'amour, à se parler, à mêler leurs odeurs et leurs pensées, et elles parlèrent, elles parlèrent, Lola se livra sans retenue, elle avait tant besoin de se confier à quelqu'un, depuis des mois et des mois, même avant l'accident. Une sororité s'installa entre les deux jeunes femmes, qui eurent des occasions de rire, de se moquer d'elles-mêmes, et de Thomas. Lola se surprit à raconter sans peine ses stupeurs, ses émerveillements, ses craintes. Ses éblouissements sexuels. Guenola écoutait, concentrée. Rien ne se passait comme elles l'avaient prévu, l'une et l'autre. Une audace cristalline planait au-dessus d'elles, comme chaque fois qu'on aborde la réalité sans réserve, dans sa beauté et sa brutalité. Elles ne se faisaient pas de quartier, ne se mentaient pas, ne voulaient rien déguiser, rien omettre. Une générosité naturelle les soutenait, une manière de solidarité. Elles étaient égales devant un fait : il était mort, il ne reviendrait plus, elles devaient accepter son héritage et le transformer, chacune à sa manière.

– As-tu parlé à Margarita comme cela ? dit Lola en tutoyant brusquement Guenola.

– Jamais. Elle ne m'aime pas. Elle me donnait des leçons, me faisait la morale. Je l'ai vue souvent, Thomas me l'imposait. Ou bien il m'imposait à elle, je ne sais pas. Une fois il a souhaité que je les regarde faire l'amour, pour que j'apprenne, pour que ça éveille mon désir.

– Alors ?

– L'effet contraire ! J'ai trouvé ces gesticulations ridicules. Pas très ragoûtantes.

Elles rirent toutes les deux. Lola se sentit assez en confiance pour avouer :

– Dans les derniers jours, il m'avait demandé si une amie, ou un ami ne pourrait pas…

– Se joindre à vous ? C'était son dada. Il disait que l'amour à deux est sectaire et égoïste. Que les principes de partage et de mixité doivent commencer là, dans la chambre. Est-ce qu'il t'a fait le coup du métissage ? Que tu devais t'accoupler avec un Noir, ou un Indien ? Je l'ai beaucoup entendu sur ce thème. D'après lui, il aurait fallu créer des centres multiraciaux obligatoires, où les couples se formeraient pour engendrer une race neuve, métissée, superbe selon lui.

– Ça ressemble furieusement aux *Lebensborn* nazis de triste mémoire, tu ne trouves pas ?

– Thomas était un extrémiste, tu l'avais remarqué, non ?

– Aurait-il changé ? Aurait-il évolué ? On ne le saura jamais. Il y a des agitateurs qui restent sur leurs positions toute leur vie.

– En mourant il nous a coincées ! s'exclama Guenola. Il sera une idole à jamais. Pas pour moi, je ne le veux pas. Il me manquera, mais je ne serai pas une chapelle ardente. Et toi, il faut que tu fasses attention. Tu n'as pas le même âge que moi.

Lola en eut les larmes aux yeux. Cette petite était décidément pire qu'une voyante. Elle lisait dans les âmes, elle repérait les faiblesses, les manques.

– Tu as raison. Je suis peut-être foutue.

Guenola passa un bras autour de ses épaules, l'embrassa sur les cheveux et la serra dans ses bras. Ici, dans le lit où il n'y avait pas si longtemps elle râlait dans les bras de son amant, de leur amant commun. Dévastée de jouissance.

24

Vers quatre heures du matin, elles s'endormirent d'épuisement, enfin en paix. Le chat avec elles, petite boule blanche sur leurs pieds. Lola fut réveillée à onze heures par des voix d'hommes sur la route, et des aboiements. Des chasseurs se regroupaient avec leurs chiens après une battue, ils commentaient la matinée de chasse, en vociférant et en riant très fort après les heures de mutisme forcé depuis l'aube. « Les Gascons ne peuvent pas parler normalement, ils aiment faire résonner leurs grosses voix », se dit Lola, surprise de se réveiller dans ce lit, allongée auprès de Guenola qui dormait encore.

Elle se leva délicatement, et sortit de la chambre sans bruit, suivie du chat.

Dans la cuisine elle trouva un bouquet de lavandes, chaque année elle en remplissait des sachets de tissu qu'elle mettait dans les placards. Félicien était passé. En été il déposait sa récolte sur la table de marbre derrière, cet automne il avait déposé les noix, les pommes et les dernières roses dans la cuisine, à l'abri de la pluie. Tôt le matin, toujours. Mais il était encore là, Lola entendit la scie mécanique au fond du jardin, il devait couper du bois.

Elle mit en route une petite cafetière, pas certaine que Guenola boive du café le matin.

– Bonjour Félicien, dit-elle au jardinier qui venait d'ouvrir la porte. Vous coupez des branches mortes ?

– Bonjour Lola, oui, celles du frêne, en bas, elles risquaient de tomber.

– J'ai de la visite. Une amie de Thomas. Elle dort encore. Moi je me lève à peine, on s'est couchées tard hier.

– J'ai vu une voiture parisienne. J'ai pensé que c'était votre sœur.

– Non, j'ai réussi à zapper ma sœur, avec la rentrée des classes et tout le fourbi. C'est dur, aujourd'hui, d'élever des enfants. Et votre fils ? Vous avez des nouvelles ?

– Ça va. Il rentre pour Noël.

– Une permission ?

– Non. Définitivement. Ça me soucie. Après ce qu'il a vécu en Afghanistan, il va trouver minable la vie ici, à la caserne à Mont-de-Marsan. Je le connais. Il va vouloir repartir. Il y a bien une guerre quelque part où la France est présente.

– Vous n'en savez rien. Il est peut-être dégoûté. Il a sûrement vu des choses pas marrantes, là-bas…

– Les soldats, c'est ça. Ils veulent être entre eux. La vie civile, ça les défrise.

– Attendez de le voir, il a peut-être grandi, mûri. Il veut peut-être se marier, avoir des enfants, faire famille ?

– Des enfants, je pense. Mais famille, je n'en suis pas sûr.

– Je les comprends, les jeunes. Vous n'auriez pas la trouille de mettre des enfants au monde, aujourd'hui ?

– Et pourtant presque tous ses camarades de régiment sont mariés et ont des enfants.

– La France est pondeuse, les statistiques le répètent.

Guenola apparut sur le seuil, en chemise de nuit, les cheveux dans tous les sens.

– Guenola, je te présente Félicien. Félicien, c'est Guenola.

Ils se serrèrent la main, gênés.

– Ah. C'est vous le Félicien qui..., dit Guenola d'une voix du matin.

– Oui. C'est moi. Je suis Félicien. Le Félicien dont on vous a parlé.

– Tu vas te geler les pieds. Il y a des pantoufles et un peignoir dans la salle de bains, dit Lola.

– Merci, jeta Guenola, agacée. Je n'ai pas froid. Je suis toujours pieds nus dans une maison.

Lola n'engagea pas la discussion, pourtant ici c'était du carrelage, pas comme un appartement de Paris, c'était humide et fréquenté par les fourmis, les souris et les scarabées. Guenola le découvrirait bien par elle-même, après quoi elle mettrait ses pieds dans des chaussons ou des sabots de jardinage, il y en avait de toutes les tailles, en rang d'oignons devant la porte du cellier.

– Lola, je voulais vous prévenir, à la fin du mois nous partons, Laure et moi. Pour une semaine.

– Vous allez au Maroc ?

– Oui. Ifrane, Fès, Agadir.

Lola ne dit pas que c'était le circuit le plus tarte, celui des collectivités, le moins cher.

– Formidable ! Vous verrez des singes à Ifrane. C'est dans la montagne. Quelquefois il neige par là-bas, attention.

– Tant mieux. Comme ça, on restera dans le car. Moi, toutes ces visites…

– Prenez un appareil photo. Il y a de beaux paysages.

– Je laisserai ma clé d'ici à Gaston, comme d'habitude. Pour les oliviers, je m'en occuperai à mon retour, je préfère que personne n'y touche. On a jusqu'à la Sainte-Catherine, ça va.

– Prends-tu du café, Guenola ?

– Non. Je vais mettre de l'eau à chauffer, je me ferai une infusion de thym. J'en ai apporté.

– Et vous Félicien ?

– Merci, non. Ce n'est plus l'heure. Je dois rentrer à la soupe. Au revoir, mesdames.

– Monsieur, l'arrêta Guenola, je voudrais bien vous voir un moment. Pas tout de suite. Quand aurez-vous un quart d'heure à me consacrer ?

– Quand vous voudrez. En fin d'après-midi, vers cinq heures, ça vous va ?

– Très bien. Je vous attends ici ? Merci.

Félicien remet énergiquement son chapeau et sort.

Un silence.

– Tu veux lui poser des questions sur le soir de l'orage ?

– Oui. J'ai besoin de quelques détails. Pour mon livre.

Lola regarda cette jeune fille adorable, au visage candide, et s'émerveilla encore. Quelle force de caractère, quelle froide opiniâtreté ! Elle sait où elle va, elle. Elle n'est pas fluctuante, dérivant d'une personne à une autre, d'une vision à une autre, d'un scénario à un autre, comme elle ! Guenola a un objectif, un programme de travail et de progrès professionnel, quand Lola s'efforce de ne pas sombrer. De se recomposer. Sans certitude d'y parvenir. Elle n'est pas en mesure d'entreprendre quoi que ce soit, en dehors de cette identification d'elle-même et de Thomas.

Il fait beau, l'automne est somptueux dans cette région. Les champignons sont finis mais bientôt fleuriront les marchés au gras dans les villages, la vente des foies de canard et d'oie. Lola ne songea pas une seconde à proposer cette amusante promenade à Guenola, la pure végétarienne et amie des bêtes. Lola désapprouvait le gavage des oies, mais Dieu que c'est bon, le foie gras. Pourtant, le souvenir était désormais plus fort que son plaisir actuel, son odorat n'est pas complètement revenu. Le palais est relié au nez, et quand on ne sent pas on ne goûte pas. Sa gourmandise passée s'étiole.

– Veux-tu que nous allions au village ? Je dois acheter du pain.

– Vas-y sans moi, s'il te plaît. Je veux m'imprégner des endroits où Thomas a été. Je veux faire des photos, tu permets ?

– Bien entendu. Certains endroits ne se ressemblent pas, en cette saison. Je t'y conduirai. Ce sera un exercice curatif de regarder avec tes yeux. Mais j'insiste, prends des sabots ou des bottes pour aller dans le jardin, regarde, le chat en revient tout trempé, pauvre petit chou !

– Oui, maman, répondit Guenola en se moquant de Lola.

– Tu as raison. Je pourrais être ta mère. Tout juste, mais je pourrais. Je t'aurais eue à quinze ans.

– Ma mère m'a eue à seize ans. Elle ne s'en est jamais remise.

Guenola prit sa tasse et se dirigea vers la chambre de son pas asymétrique. Lola attendit qu'elle ait refermé la porte pour prendre ses médicaments. Encore dix jours, avait dit le médecin, il ne fallait pas arrêter d'un coup.

Guenola visita les bords de l'étang, les sentiers alentour, le petit bois de chênes, et le potager, au retour. Elle vit la cabane à outils, ouvrit la porte, écouta le bruit des gongs rouillés, le crissement de leurs pas sur le chemin de gravier.

– On a vite fait le tour, tu vois, dit Lola. C'est une petite maison, je n'ai qu'un hectare de terrain.

Elle regarda longuement la terrasse, le perron devant la maison, la souche du pin et, au-dessus, les marches pour grimper sur la route.

– Ici les propriétés ne sont pas clôturées, c'est agréable, dit Guenola. Ainsi tous les champs et les vignes qui t'entourent sont à toi, ton œil n'est pas stoppé par un grillage, un mur ou une palissade. On a un sentiment de liberté, d'espace. C'est ce qu'il me disait.

– Il te le disait au téléphone ? Il t'a appelée ?

– Oui. Plusieurs fois. Il ne parlait pas de toi. Il disait : J'ai trouvé un endroit où l'on peut vivre, une terre pour les humains. Il aimait le bruit des machines agricoles, des tracteurs. Il aimait un peu moins les oiseaux, qu'il trouvait systématiques et entêtés.

– Il t'a confié tout cela ?

– J'étais étonnée. Je ne l'avais jamais entendu se pâmer sur la nature.

– Il ne la connaissait pas. Il la découvrait.

– Il en avait une idée livresque. Mais il préférait les villes.

– Sur moi, sur notre histoire naissante, rien ? Il ne t'a rien dit ?

– Le dernier jour, il m'a dit qu'il n'aimait décidément pas les bourgeoises, que le confort et le bon goût lui donnaient la nausée.

Lola accusa le coup, puis se défendit :

– Ce n'est pas vrai. Il appréciait mes repas, le bon lit et les chaises longues confortables tapissées de coussins. Je crois reconnaître un homme satisfait d'un homme insatisfait.

– Il pouvait avoir du plaisir sans être heureux. Sans adhérer à la cause de son plaisir. En ce sens, il était un peu comme moi. Les sensations ne modifiaient pas sa pensée. Il pouvait se passer de tout. Pas de penser.

– Ouais. Un peu tordue, votre affaire… Sa pensée, en dehors de toi et moi, personne ne la connaissait. Ce ne sont pas ses livres soporifiques qui peuvent en donner une idée.

– C'est vrai. Ses livres n'étaient pas indicatifs. Ils me tombaient des mains, à moi aussi.

Elles se sourirent, se découvrant un nouveau lien. Elles partageaient un secret : le vrai Thomas, celui qui s'enflammait et tordait le cou aux conventions, n'était que pour les intimes, seulement les intimes.

– C'est ça que tu écris ? Le portrait d'un homme inconnu ? demanda Lola.

– Un peu. Je parle des apparences et des contradictions. Ce qu'on dit et ce qui est entendu. Je pense que

Thomas a été tous les hommes que ses femmes ont vus en lui. Et c'est vrai pour tous. Nous n'existons que dans le regard des autres. Et dans ce que les autres veulent de nous.

– Moi je ne voulais rien. Je m'étais juré de ne pas projeter, d'être légère et attentive.

– On ne décide pas cela. Nos désirs sont plus forts que nous. Tu as créé votre histoire avec tes espoirs, tes traumatismes, ton pouvoir de séduction. Personne n'est neutre.

Lola s'assit sur un muret, là même où elle parlait avec Thomas, souvent.

– Je n'étais pas assez pour lui, je le sentais. Je ne pouvais offrir que ma disponibilité.

Guenola s'assit à côté d'elle. Elle lui prit la main.

– Tu es belle. C'est lui qui se sentait pourri à côté de toi. Et en même temps il ne pouvait pas s'empêcher de t'entraîner dans sa fange. Tu sais, le scorpion pique la tortue qui lui fait traverser la rivière, et meurt noyé, parce qu'il est un scorpion.

– Ça n'empêche pas les sentiments. D'aimer un scorpion.

– Et lui d'aimer une princesse.

Une corneille lança son croassement assourdissant. Plus loin, une hulotte lui répondit.

– Je ne suis pas une princesse, je suis une triste célibataire destinée à le demeurer.

– C'est peut-être ton choix ? Veux-tu d'une vie

dépendante, avec un mec qui te dit où passer les vacances et qui surveille ce que tu dépenses ?

– On est toujours dépendant de quelque chose, la santé, la chance. Ce qu'on gagne. Le gouvernement du pays dans lequel on vit. La liberté n'existe pas, tu sais.

– Tu as été libre de recevoir Thomas. Tu n'avais de comptes à rendre à personne. Tu mènes une quête philosophique, je te ferais remarquer. Tu l'avais commencée bien avant. Dans ton travail, que fais-tu d'autre ? Tu essayes de débrouiller les fils emmêlés de l'histoire.

– C'est plus facile avec les personnages historiques. Le passé ne bouge pas. Pour soi-même, on est aveuglé par le présent qui frissonne. On est désarmé.

– Ne grossis pas les difficultés. On ne se trompe pas, on est dans l'incapacité de faire autrement que ce qu'on fait. On obéit à des forces intérieures irrésistibles.

Lola effeuillait une dernière pâquerette cueillie dans le pré, au pied du muret.

– J'ai du mal à admettre le chaos. Le chaos dans l'espace, le chaos dans la science, dans les cœurs. Je voudrais qu'il y ait un sens à tout ce que nous vivons.

– Tu ne vas pas virer religieuse, s'il te plaît ! s'exclama Guenola.

– Tu n'as pas besoin de croire que tout ça a un sens, une raison d'être ?

– Un mouvement, une direction, si tu veux. Et puis tout se dissout, à un moment donné.

– L'esprit de Thomas perdure. Il est en nous. Nous

voulons le fixer, le faire connaître. Toi, surtout, avec ton roman.

– Oui, mais il n'en est pas plus heureux pour cela, là où il est. Ni moi non plus. Le bonheur dont tout le monde parle ne me paraît pas un objectif.

– Mais le plaisir ? L'extase ? Thomas disait que c'était le seul but de la vie.

– Lola, le plaisir est relatif à l'espérance de chacun. Je suis plus jeune que toi, mais en vérité je suis très vieille, j'ai cent vies derrière moi, je suis née comme ça, je n'y peux rien. Ce qui vous procure du plaisir me semble dérisoire, usé comme le monde. Je suis usée comme le monde.

– Moi, je te vois fraîche comme une Madone de Piero della Francesca. Innocente. Furieusement intelligente, mais vierge. Tu crois avoir tout compris, peut-être n'as-tu encore rien vécu.

– Peut-être. Mais je n'attends rien.

À son tour, Lola entoura de ses bras les épaules de Guenola, lui releva les cheveux et posa un baiser sur sa tempe, là où Thomas avait laissé sa marque.

– Tu es une enfant. Tu as de beaux moments à venir, riches et élevés comme ta nature, dit Lola clairement.

Le chat trottinait vers elles, une souris dans la gueule.

– Le chat ! Tu as débuté ta carrière de chasseur ! C'est un peu tôt, jeune homme. Tu n'arrives même pas à tenir la souris dans ta petite gueule ! Tu vois, dit Lola à Guenola, l'instinct est plus fort, il est un chat et il ne peut pas se refuser aux expériences de chat. Toi, tu es une femme, une très jolie femme, tu vivras de belles aventures de femme. Ne les refuse pas.

– Tu sais… la féminité… Savons-nous ce que c'est ? Tu as lu Simone de Beauvoir ?

– Oui, la femme un homme comme les autres… Elle est néanmoins tombée follement amoureuse de son Américain, avec tous ses principes libertaires !

– Mais elle est revenue à Sartre.

– Qui la torturait.

– Qui a fait d'elle la grande bonne femme qu'elle a été.

Lola observa le chat en train de jouer cruellement avec la souris. Il la lâchait puis la reprenait plus loin. La souris n'avait aucune chance.

– Que veux-tu, il y a des rapports de force qui s'instaurent naturellement. Viens, je veux te montrer des papiers que Thomas a laissés.

Elles montèrent dans la chambre-bureau où Lola avait entreposé les dossiers qu'elle compilait, et elle sortit d'une chemise les feuillets que Dorieux avait repêchés dans la poubelle.

– Regarde. Il dit qu'il est prisonnier. Ça m'a sidérée. La prisonnière, c'était moi !

Guenola lut attentivement les textes, les relut plusieurs fois, et dit enfin :

– C'est bizarre. Pour moi ce n'est pas de toi qu'il s'agit. Il a peut-être écrit cela chez Margarita ? Ces mots ressemblent à ce qu'il disait d'elle. Avec elle, il était vraiment prisonnier. Il se sentait exploité, commandé.

– Tu crois que ces papiers ne datent pas des jours passés chez moi ?

– Regarde. Ce n'est pas la même encre. Les deux autres, je veux bien. Il était très possessif. Ton jardinier l'agaçait. Il fantasmait sur les situations impossibles. Mais la première feuille est fébrile, comme il l'était avec Margarita. Elle le rendait fou. Quant aux dessins, il en faisait partout. Ses cahiers de cours en étaient pleins, des sexes, des bouches, des trucs de potache. Les lettres d'imprimerie, je ne sais pas. Des pense-bêtes pour lui seul ? Des idées de musiques ? Il jouait un peu de piano et de guitare, mais il ne lisait pas la musique, il connaissait les accords par des chiffres et des lettres. Ce sont des photocopies ?

Lola n'avait pas envie de tout raconter à Guenola. Il valait mieux que personne ne sache ce que détenait la police.

– J'ai les originaux dans mon bureau, bien cachés. Je voulais te donner ces écrits, avec les lunettes. Ce sont les derniers mots qu'il a mis sur le papier.

– Je te remercie. Tu les as donnés à Margarita ?

– Non. Je les ai trouvés après. Dans la corbeille.

– Tu constitues le mausolée. Je comprends. Mais j'espère que tu brûleras tout ça bientôt.

Elles déjeunèrent tard, Guenola avait apporté des croquettes de tofu, Lola les goûta sans enthousiasme. Elle sortit deux cuisses de confit que Guenola accepta de manger, avec de la salade. Puis elles allèrent se reposer, chacune dans sa chambre. La digestion et le verre de Madiran aidant, Lola s'endormit. Elle n'entendit pas la voiture de Félicien. Quand elle descendit, Guenola et lui étaient attablés à la cuisine, ils se parlaient depuis plus d'une demi-heure.

– Vous n'y voyez rien, dit-elle.

Elle alluma les lampes et proposa du thé. Ils refusèrent et Félicien prit rapidement congé, ils s'étaient tout dit.

Lola brûlait de savoir quoi, mais elle n'osa pas le demander à Guenola.

– Je vais filer, Lola. Je préfère prendre la route maintenant, plutôt que me trouver dans la circulation demain, avec les retours de week-end.

– Tu n'as pas peur de conduire la nuit ?

– Non. Je suis comme les chats, je vois mieux la nuit que le jour.

Elles restèrent un temps immobiles, debout, face à face.

Guenola brisa le silence :

– Je te remercie de ton hospitalité…

– Je t'en prie, pas de phrases comme ça avec moi.

– Je suis vraiment contente d'être venue. Tu es une

femme charmante. Je te souhaite tout le bonheur que tu désires. Sois forte.

– Toi aussi. Tu m'enverras le livre ?

Elles savaient toutes les deux qu'elles ne se reverraient pas. Guenola laissa son adresse, par courtoisie, et Lola lui donna sa carte, avec l'adresse professionnelle. Mais leurs routes ne se croiseraient plus. Elles étaient trop éloignées. Leur seul lien était Thomas. La mort de Thomas.

Elles s'embrassèrent avec émotion, et Guenola emporta avec elle les derniers témoignages de cet étrange garçon, mi-ange mi-démon, qu'elles avaient aimé toutes les deux.

25

Fine mouche, cette gamine. Je n'aurais pas cru qu'une femme puisse être aussi mathématique dans son raisonnement. Deux plus deux ne font pas cinq pour elle. Elle me scrutait avec des yeux de psychiatre, je n'en ai jamais connu mais j'imagine qu'ils ont ce regard, qui plonge à l'intérieur de vous. Je n'étais pas à l'aise, comme je le suis avec Lola, qui est instruite tout autant mais ça ne se voit pas, elle ne crâne pas avec ça, elle est à la portée d'un type comme moi, elle respecte ce que je dis et la manière comme je le dis. Cette petite ne fait aucun effort, elle est juste intéressée. Elle veut obtenir ce dont elle a besoin, et basta. Elle est mal tombée, je ne lui ai rien dit, rien de ce qu'elle voulait savoir, est-ce que le Thomas avait montré de la nervosité, est-ce qu'il était contrarié, ou en colère, ou dans un état pas normal. Elle m'a dit qu'il était malade des nerfs, qu'il lui arrivait d'avoir des crises de rage, que dans ces cas-là il ne se maîtrisait pas, qu'il n'était pas conscient de ce qu'il disait ou de ce qu'il faisait. On aurait cru qu'elle voulait corriger son image, que je lui pardonne s'il avait fait quelque chose de pas bien, parce qu'il avait des excuses, que ça chauffait trop dans sa tête, qu'il était un homme hors du commun, une exception. Elle est comme Lola. Elles le couvrent. Elles le sanctifient. Elles réclament l'indulgence maximale. Je veux bien, mais il ne m'a pas paru dérangé, ni illogique, ni génial, il m'a dit des choses précises, clairement formulées, il était agité mais pas hystérique, pour dire à un homme qu'on ne connaît pas : « Tu désires ma femme, je t'ai bien vu la reluquer, tu es venu ce soir pour nous épier, la tempête a bon dos, dis-le que tu veux entrer dans la danse, que ça t'excite de nous voir baiser, allez, dis-le. » Je n'ai pas raconté tout ça, bien sûr, j'ai juste dit qu'on avait peur tous les deux, que le vent soufflait tellement fort qu'on ne s'entendait pas, et qu'on craignait que l'arbre tombe sur la maison, qu'il défonce les fenêtres du haut, qu'il arrache les gouttières, qu'il écrase les cheminées.

Cette fille est futée, elle sent quelque chose, elle ne sait pas quoi, mais elle est sceptique, c'est dans sa manière d'être, elle ne croit pas ce qu'on lui dit. Était-elle la fiancée de ce garçon, et Lola le coup de canif dans le contrat ? Est-elle une ancienne maîtresse, ou une parmi d'autres ? Cet homme avait un harem, apparemment, des femmes dans tous les coins, Lola m'a laissé entendre qu'elle en avait vu une en Espagne, et qu'elle correspondait avec une autre, ou plusieurs autres. Tout ça pour finir en homme malheureux, ça se voyait qu'il n'était pas heureux, qu'il cherchait quelque chose d'impossible, qu'il était de passage, en cavale, qu'il fuyait la simplicité parce qu'elle risquait de l'attacher, de lui coller à la peau. Les femmes raffolent de ces types insatiables, pervers, à la recherche de je-ne-sais-quoi, d'une réponse à leur inconstance et à leur incapacité de se poser. Une réponse qui n'existe pas, on veut le bonheur ou on ne le veut pas, c'était clair qu'il ne le voulait pas, et qu'il ne supportait pas les gens heureux, des crétins à ses yeux.

Cette petite a une fringale d'exactitude et de dureté. Elle emmagasine des données, comme un géomètre noterait les mesures qu'il relève, loi Carrez oblige. Les mètres carrés parlent. Ceux qui manquent, manquent. Pas de discussion. C'est technique et impersonnel. Cette Guenola était prête à entendre le pire. Sans état d'âme. Sans épanchement. Elle s'est tout de même émue quand j'ai raconté comment l'arbre avait pivoté sur lui-même, avec quelle rapidité et quel fracas, comment il s'était abattu selon une inclinaison imprévue, juste là où se trouvait Thomas. J'ai entendu le craquement des branches, et celui des os de la cage thoracique de Thomas, qui a poussé un cri bref, étouffé sur-le-champ. C'est moi qui étais ému en revoyant la scène, j'en tremblais, ça l'a touchée. Elle a eu une larme parce qu'elle a vu les miennes. Je vois bien le genre de fille, elle veut montrer qu'elle n'est pas une midinette, qu'elle a du cran, de la résistance. Ces jeunes-là veulent faire les fières, les bravaches, et puis quand elles grandissent, quand elles sont mères, elles deviennent des sucres d'orge, elles gâtent leurs enfants et leur passent tout. Je ne sais pas ce qu'elles se sont dit ni si c'était profitable à Lola, il ne faudrait pas que je la retrouve en petits morceaux. En tout cas j'ai répondu aux questions de cette étrangère, à ma façon. Je n'y étais pas obligé, elle a fait sa collecte, elle n'est pas partie avec un sentiment d'amertume ou d'échec.

26

Après le départ de Guenola, Lola resta prostrée pendant quelques jours. Elle avait beau se dire que tout ce qui avait trait à Thomas était explosif, elle avait besoin de temps pour digérer les nouveaux éléments. Elle avait le sentiment d'avoir vécu jusqu'alors dans un monde insouciant et factice, et que la venue de Thomas, comme un météore, lui éclairait l'horizon. La vie, la vraie vie, lui avait été cachée, subtilisée, et elle songea à la responsabilité de ses parents, de son éducation, et de ses compagnons placides et conventionnels. Que lui avait-on promis, assuré ? Une vie sans heurts, sans outrance, où le mérite reconnu, celui des études, de la promotion sociale et des bons salaires, conférait un droit confirmé chaque jour.

L'aventure humaine se situe ailleurs, elle en était aujourd'hui convaincue. Les nouvelles perturbantes du passé de Thomas ne faisaient que renforcer cette conviction. Il souffrait d'une juste souffrance, il marchait à contre-courant, dans une marge épineuse et épuisante, balloté dès l'enfance par les conditions de vie effroyables que subissait sa famille. Mais il en avait tiré les armes pour bâtir son avenir. Pour sortir du lot. Pour se hisser plus haut. Sa brillance éclatait. Lola avait recueilli le dernier feu d'une étoile filante, dans le ciel de juillet.

Le temps passait très vite malgré la lenteur des journées dans cette maison de campagne, conçue pour le farniente des vacances. Lola réorganisa la bibliothèque, déplaça la télévision près du canapé, aménagea la pièce du haut, qui devint officiellement son bureau. Félicien avait installé dans le conduit de la cheminée un système de récupération de chaleur qui la propageait dans tout l'étage. Lola s'adaptait tranquillement aux heures de solitude, elle ne s'ennuyait pas au milieu de ses souvenirs bouillonnants et de sa tâche titanesque : donner un sens à ce qui n'en avait peut-être pas. Avec des méthodes scientifiques éprouvées et honnêtes. La mort était au cœur du sujet. La mort qui n'efface pas tout, une histoire d'amour vit au-delà d'elle.

La nature prenait une grande place dans son installation mentale. Les cycles, les sommeils, les jachères et les attentes de l'hiver lui suggéraient des patiences incontournables. Elle se calait dans ces temps naturels qui modifient les habitudes et les rythmes des journées. Elle passait plus d'heures à regarder ses arbres, un à un, à leur parler, à se réjouir de leur bonne santé, ou au contraire à s'inquiéter de leurs branches noircies par les champignons, comme le meurtrier *Ceratocystis fimbriata* du platane et des ormes qui les guette encore. Elle apprenait que les animaux creusent des tanières pour hiberner, que le blaireau s'enterre avec ses petits, que les taupes bouchent les entrées de leurs galeries afin que les renards et les chiens ne les dénichent pas. Félicien l'accompagnait quelquefois dans ses promenades, et lui donnait patiemment des leçons de choses qu'elle absorbait avec délice. Des pans entiers d'activité de la terre lui furent révélés, qu'elle n'aurait jamais sus si Thomas n'était pas mort, et si elle n'était pas devenue une autre, avec des perceptions et des curiosités nouvelles.

Les conversations avec le jardinier restaient instructives et chaleureuses. Elle se gardait bien d'aborder d'autres sujets que les boutures, les semis, les graines, les bulbes et les rongeurs néfastes. Le langage de la botanique contient sa propre finalité.

La vie et la mort sont présentes dans tous leurs propos, c'est l'histoire des plantations, de la lutte pour que prospèrent les fruits et les légumes, attaqués par le gel, le vent, les parasites. On s'échine à protéger la vie, à sauver la plante malingre et à éliminer le lierre et le liseron qui étouffent les fleurs. Elle apprenait à ne jamais sortir sans son sécateur, parce qu'il y a toujours une herbe folle ou un rejet de rosier à couper. Dans son tablier à grande poche, elle cachait des grains de riz pour les mésanges, et des bouts de ficelle pour relever une branche du liquidambar ou attacher les hautes roses trémières dont les dernières corolles alourdissaient la tête. Son jardin était un concentré de miraculeuse énergie, elle y puisait sagesse et humilité. Chaque petite plante se bat vaillamment pour se dresser vers le soleil, et s'éteint quand vient son heure, sans bruit. Les trèfles à quatre feuilles et les pissenlits nains, les pervenches tardives et la menthe sauvage.

Félicien revint du Maroc la mine barbouillée, la cuisine de ce pays ne lui avait pas du tout convenu.

– C'est très beau, les gens sont gentils, et pourtant je n'étais pas à l'aise, avoua-t-il. Le tourisme les fait vivre, je comprends, mais c'est pénible de voir cette pauvreté, ces animaux maltraités, ces villages sans eau, sans électricité ni téléphone. On va visiter la misère, on achète des tapis pour trois sous, des babioles mal foutues, des babouches en faux cuir qu'on ne mettra jamais. Tenez, Laure a voulu vous rapporter quelque chose.

Il lui tendit un bougeoir en cuivre très ouvragé et gravé de mots arabes.

– Ça veut dire : « Le Ciel accueille les colombes », c'est ce qu'ils nous ont dit. Peut-être que c'est seulement le nom du ferronnier, ou sa marque ?

– C'est très joli, Félicien. Vous remercierez Laure. Elle a aimé ce voyage ?

– Ah oui, elle était très contente, je crois. Elle n'a pas été malade, elle.

– Pauvre Félicien, ça vous a gâché le plaisir.

– Je suis un animal qui ne sort pas volontiers de son trou, que voulez-vous. J'avais hâte de rentrer chez nous. Et je vais vous dire : nos paysages par ici n'ont rien à envier. On fait des kilomètres par des routes arides pour vous montrer trois palmiers. Je ne sais pas comment ils font pour vivre dans toute cette caillasse !

– Vous avez raison. C'est très beau la France. Et le Gers surtout ! Et mon jardin plus que tout !

– Vous y venez, à la vie campagnarde, ma petite Lola.

– Avec vous. Seulement avec vous. C'est vous l'âme de ce vallon.

Félicien rougit jusqu'aux oreilles, il ne sut quoi répondre. Lola le libéra :

– Venez, on va fêter votre retour. Votre estomac peut supporter une lichette de foie gras, avec un verre de moelleux ?

– Ça, mon estomac l'accepte toujours. Ce sont leurs épices, et l'huile d'olive partout qui m'ont dérangé.

Lola prépara des toasts et laissa Félicien déboucher la bouteille qui était au frais. Ils s'attablèrent allègrement, et trinquèrent.

– Et vous Lola. Comment ça va ?

– Moyen, répondit Lola sans détour. Je dors un peu mieux, mais je fais des cauchemars. Il paraît que c'est bon signe. Je me nettoie la tête.

– Vous rentrez à Paris quand ? demanda-t-il prudemment.

– Je ne sais pas. Je redoute ce moment. Je suis encore fragile. Mais il faudra bien que je me décide. Je vais vous faire une confidence. Je n'ai plus envie de travailler ! Je voudrais rester ici, gratter la terre avec vous, voir pousser les mûriers et les framboisiers. À propos, ils ont livré les pieds de cassis et de groseilles à maquereau. Je ne sais pas où on va les mettre, il n'y a plus de place là-haut.

– On trouvera bien. Il faut un coin au soleil. Je suis rassuré de vous voir tranquille. Vous nous avez fait peur, vous savez.

– Qui, nous ?

– Ma femme. Brigitte. Et moi. Je voudrais tellement que vous soyez heureuse.

– Je ne serai plus jamais heureuse, Félicien. Je continue à vivre, mais je me demande pourquoi.

Un silence.

– Pourquoi lui et pas moi ? murmura-t-elle.

Félicien la regardait intensément, il ne chercha pas à la rassurer avec des phrases creuses :

– C'était peut-être écrit ? C'était un garçon destiné à ne pas avoir la vie longue, comme certaines fleurs, souvent les plus belles. Les coquelicots. Le muguet.

– Ou certains papillons. Oui.

– Lola, vous rencontrerez quelqu'un, j'en suis sûr. Si vous ne vous enfermez pas comme une carmélite…

– Oh non, je ne veux plus, je suis calcinée, immunisée.

– Donnez du temps au temps, comme dit l'autre.

Ils n'avaient jamais eu une conversation aussi intime. Le visage de Félicien irradiait de bonté et de modestie. Lola se leva et déposa un baiser sur la joue rugueuse.

– Vous êtes un type magnifique, Félicien, je vous dois beaucoup. À propos, j'ai une bonne nouvelle, j'ai reçu une lettre du commissariat de Condom pour me dire que notre affaire était classée, et que les pièces du dossier me seraient rendues.

Lola rentra à Paris le mois suivant.

Elle emmena le chat dont elle ne pouvait plus se séparer, pensant qu'il ne pouvait pas se séparer d'elle.

Elle reprit sa vie professionnelle sans entrain, mais son intérêt pour l'histoire revint peu à peu avec la grosse commande d'un musée sur les règnes en Asie Mineure avant Alexandre.

Elle alla quelquefois au cimetière de Bagneux, puis renonça à cette expédition déprimante. Elle décida de commander une œuvre à un ami sculpteur qu'elle mettrait dans son jardin dans le Gers, une allégorie abstraite qu'elle dédiait à Thomas.

Elle déposa sous son bureau, dans un carton fermé, les papiers et les livres qui le concernaient, avec son ordinateur, et n'y toucha plus. Au bout de quelques mois, elle finit par descendre le carton dans sa cave.

Guenola publia son roman qui s'intitulait *Un souffle* et qui n'eut pas grand succès malgré une critique louangeuse. Lola ne souhaita pas le lire.

ÉPILOGUE

– Tante Lola, regarde ce que j'ai trouvé !

Justine court vers le bord de l'étang où Lola nage encore. Elle s'approche de la rive, sort de l'eau, secoue ses cheveux courts et regarde la brindille que lui tend la petite fille.

– C'est un trèfle à quatre feuilles, ma chérie. Bravo ! C'est très rare. Où l'as-tu trouvé ?

– Près du bassin.

Un garçonnet les rejoint en courant, au risque de tomber dans le chemin pentu.

– C'est moi qui l'ai trouvé !

– Ce n'est pas vrai, crie Justine, c'est moi !

– Moi je l'ai vu, tu t'es dépêchée de le ramasser, mais c'est moi qui l'ai vu !

– Du calme, les enfants, vous l'avez trouvé tous les deux, ne vous chamaillez pas ! C'est un porte-bonheur, vous savez, il vous portera chance.

– À moi, d'abord ! dit Serge, le frère de Justine.

– Non, à moi ! hurle Justine.

– À tous les deux, je vous ai dit. Allez. On va le montrer à maman. Laissez-moi me sécher un peu.

Lola attrape une serviette suspendue à une branche du frêne, se frotte énergiquement, puis s'enveloppe et s'assied sur un petit banc formé par les racines devenues énormes. Ses yeux se tournent vers l'eau qui scintille du soleil de l'après-midi. Elle reste immobile, à contempler son étang, rêveuse.

Serge repart vers la maison en pleurnichant mais Justine s'assied près de sa tante. Elle se colle à elle, en un mouvement affectueux.

– Tante Lola, c'est vrai que tu fais de la politique ?

– C'est vrai. Je dirige un organisme politique.

– C'est quoi la politique ?

– Ah. Grande question, ma Justine ! La politique sert à changer le monde.

– Pourquoi ? Il est pas bien, le monde ?

– Il est merveilleux, mais on peut l'améliorer. Il y a des personnes qui souffrent, qui ont besoin d'aide.

– Tu es infirmière ?

– On peut dire ça. Je m'occupe de femmes qui élèvent leurs enfants toutes seules.

– Pourquoi, elles n'ont pas de mari ?

– Non, ils sont partis ou ils sont morts. Ou ils étaient de si mauvais maris qu'elles ont préféré les quitter, s'en aller.

– Tu t'occupes de leurs enfants avec elles ?

– Je les aide comme je peux, avec les moyens qu'on me donne.

– Maman dit que tu ne peux pas comprendre les enfants, parce que tu n'en as pas.

Lola ravale sa salive et prend la petite fille sur ses genoux.

– Tu vois bien que c'est faux. On se comprend bien, toi et moi, non ?

– Oui, tante Lola. J'aime parler avec toi. J'aime comment tu m'expliques.

– Chut ! Regarde les bulles, là, à fleur d'eau. Tu les vois ? En dessous il y a une couleuvre, ou une grenouille, qui respire. Ne bouge pas, ne fais pas de bruit, bientôt elle va sortir la tête, regarde bien.

– Elle respire dans l'eau ? chuchote la petite fille.

– Oui, ces bêtes ont des bronches spéciales, elles peuvent rester sous l'eau très longtemps.

Un minuscule museau apparaît en effet, il raye la surface de l'eau d'une longue ridule en V.

– Elle nous voit ?

– Je ne pense pas. Mais si tu fais un geste brusque, elle sentira ta présence, et se sauvera au fond de l'étang.

– Est-ce qu'elle peut nous mordre ? Nous piquer ?

– Elle a bien trop peur de nous, tu sais. Les animaux n'attaquent presque jamais, sauf si on les embête.

Lola observe le minois de sa nièce assimilant ses propos, concentrée à l'extrême. Depuis qu'elle a grandi, Justine est curieuse de tout, elle recherche la compagnie de Lola qui passe du temps avec elle, lui parle beaucoup. À huit ans et demi, elle pose des questions très fines qui amusent Lola et lui rappellent sa propre enfance. Au même âge, elle ne cessait de poser des questions, beaucoup plus que Margot, sa sœur aînée. Leur mère avait rarement la patience de répondre, mais leur père se chargeait d'éclairer Lola, qui ne se contentait pas de réponses expéditives et l'obligeait à développer, à expliquer. Elle ne lâchait que si la logique des raisonnements la satisfaisait. Justine est ainsi. Une petite fille réfléchie, avide de comprendre. Qui déclare son ignorance, quand elle ne connaît pas un mot ou bute sur une idée, sans timidité ni fausse pudeur. Lola la nomme « ma petite éponge ».

Lola a toujours eu un faible pour elle, depuis le berceau. Mais une relation nouvelle est en train de se nouer, une complicité croissante qui frôle l'addiction. Justine réclame sa tante à tout moment, elle attend les vacances dans le Gers avec impatience, et ne la quitte pas d'une semelle. Adorable tendresse enfantine, se dit Lola.

C'est bien plus. Justine a de la curiosité pour Lola, elle est intéressée par ce qu'elle est, ce qu'elle fait, ce qu'elle a vécu. Elle l'imite inconsciemment, et l'écoute plus que n'importe qui. Un jour, à table, elle a lancé dans un élan de ferveur :

– Maman, toi tu es vieille ! Tu es une maman ! Lola c'est ma copine, elle est jeune.

La franchise des enfants est cruelle. Margot accusa la boutade, et il n'est pas impossible qu'une bribe de jalousie se soit infiltrée dans son cœur ce jour-là. Margot est une mère valeureuse, harassée comme le sont les mères aujourd'hui par la multitude des activités et des besoins des enfants, et Lola se félicite souvent de ne pas avoir suivi ce destin. Si elle avait une famille, comment assurerait-elle le travail, la gestion de la section du Parti, de l'association, le yoga, les articles hebdomadaires dans le journal auquel elle participe, l'entretien de la maison, du jardin, des chats (ils sont deux à présent) et des abeilles (Félicien a insisté pour qu'elle fasse son miel) ?

Cependant, il y a cette petite fille. Quelqu'un a besoin d'elle. Vraiment besoin d'elle. De plus en plus. D'une façon qui ne s'arrêtera pas.

Lola redécouvre le monde à travers ses yeux d'enfant, et Justine l'invite à lui offrir ce qu'elle sait, ce qu'elle possède. Elle a été choisie par cette petite fille pour une tâche immense : être la vérité, l'étalon or, le méridien de Greenwich, le mètre et la lettre Pi, bref les bases de la vie. D'ordinaire, les parents incarnent la référence absolue, mais pour cette petite fille sensible et précoce, son père et sa mère, affairés et terre-à-terre, sont vaguement suspects. Trop d'attention, trop de règles, trop de désaccords entre eux peut-être. Tante Lola est celle que l'on croit, celle en qui on a confiance. Celle qui intrigue aussi, qui n'a pas eu un parcours comme les autres. Lola a beau démontrer qu'elle n'est pas infaillible, sa manière de s'en défendre et d'accepter ses lacunes ne fait qu'accentuer la foi que Justine projette en elle.

Pas de doute, Justine est une graine de femme différente, attirée par la marginalité de Lola, dans cette famille bourgeoise aux contours dessinés d'avance.

Margot appelle de loin :

– À table ! Ouh ouh ! Où êtes-vous ? Justiiiine ! Lolaaaa !

Lola regarde sa montre posée sur son jean.

– Mon Dieu ! Déjà sept heures ! Il faut remonter, mon chou. Va vite rassurer maman, moi je passe une seconde sous la douche et je vous rejoins.

Justine et Lola remontent ensemble en faisant la course, essoufflées toutes les deux dans la côte. Les lavandes exhalent leur parfum du soir, insistant comme un long baiser. Au centre du massif, une flèche de granit poli, fichée dans un socle de terre cuite et de béton s'élève au-dessus des tiges mauves. On ne peut pas lire la plaque moussue cachée par les fleurs hautes :

THOMAS. UN MOIS DE JUILLET.

Après le dîner, un rituel veut que Lola lise une histoire aux enfants dans leur lit, jusqu'à ce qu'ils s'endorment.

Bertrand, le mari de Margot, est déjà devant la télévision, un verre d'armagnac doré entre les doigts. Il n'est pas mécontent de charger sa belle-sœur de cette mission qui lui incombe quotidiennement. Du coin de l'œil, Lola voit Margot enlever son tablier et s'allonger près de lui, sur le canapé. Ce soir ils sont paisibles, ils ne se sont pas disputés. Cette maison détient un pouvoir bénéfique, se réjouit Lola, peut-être à cause de tout ce qui s'y est passé. Le bon et le mauvais. Il y a des maisons où il ne se passe jamais rien.

Ce soir, Serge est déjà endormi, il a battu des pieds dans l'étang pendant des heures, hilare, avec sa bouée et ses manchons, il s'est écroulé de fatigue. Justine attend, un livre à la main.

– Lis-moi ce livre. Je l'ai trouvé dans ta bibliothèque.

– *L'Ingénue libertine* de Colette ! Ce n'est pas de ton âge ! Tu n'y comprendras rien !

– Maman m'a dit que c'est un livre interdit. Tu lui diras pas, hein ?

– Non, je ne dirai rien. Mais je pense que c'est trop difficile pour toi, tu t'ennuieras. Si tu veux, je peux te le raconter.

– D'accord. Mais tu me dis tout, promis ?

– Promis. Mais pourquoi as-tu choisi ce livre-là ?

– À cause de ce que tu as écrit dessus.

Lola prend le livre, et lit sur la page de garde : *Plus tard je serai une ingénue libertine.*

– J'ai écrit ça, moi ? C'est mon écriture, tu as raison. Mais j'avais au moins douze ans. Ce livre m'a suivie partout, dans toutes mes maisons. Je ne l'ai jamais perdu.

– Pourquoi ?

– Je n'en sais rien. Sans doute parce qu'il m'a marquée.

– Alors lis-le-moi !

Lola s'installe à côté de Justine, elle l'entoure de son bras et la petite fille se love contre elle.

– Il était une fois une jeune fille, une très jeune fille, qui s'appelait Minne. Elle était blonde et jolie comme toi, avec des boucles que sa mère obtenait en lui mettant des « papillotes » tous les soirs. Ce sont des rubans, ou des lanières de tissu avec lesquels on enroulait les cheveux autrefois. Elle dormait avec ça sur le crâne, tu te rends compte ! Sa mère était une femme qui élevait seule sa fille, une veuve, tu sais, comme celles dont je t'ai parlé. Minne était très capricieuse, très fantasque. Elle rêvait d'une vie aventureuse et martyrisait son cousin Antoine qui était fou d'amour pour elle.

Elle raconta l'histoire de cette coquette qui n'avait pas de plaisir avec les hommes, qui trompait Antoine, devenu son mari, et qui un jour découvrit le plaisir physique avec lui, contre toute attente. Une fable sur la recherche de l'amour, qui n'est jamais là où on le croit.

Justine n'a pas perdu un mot du récit, elle soupire et demande :

– Comment on sait où il est ?

– Quoi donc ?

– L'amour.

Lola observe le tilleul par la fenêtre, éclairé par la lanterne de la terrasse. Un vent d'été fait trembler les feuilles argentées avec un bruissement rassurant. Elle veut répondre à Justine au plus juste, elle cherche les mots :

– En regardant bien. Partout. Quelquefois il met du temps à se montrer.

– Comment on le reconnaît ?

– Quand on se sent légère, quand tout ton corps te dit que c'est lui. Mais tu as le temps, n'y pense pas ma chérie, il ne faut surtout pas y penser. Dors maintenant, mon bijou, dors. Je t'aime.

DU MÊME AUTEUR

Aux Éditions Albin Michel

LOVE, BABA

PATATI ET PATATA, TROIS PETITS TOURS ET PUIS ÇA VA

BIOGRAPHIE D'UN SEXE ORDINAIRE

SI JE VOUS DISAIS

LES MOTS DES HOMMES

CE SOIR, C'EST TA FÊTE

UN JOUR, JE SUIS MORTE

JURY

Composition IGS-CP
Impression CPI Bussière en août 2012
à Saint-Amand-Montrond (Cher)
Éditions Albin Michel
22, rue Huyghens, 75014 Paris
www.albin-michel.fr

ISBN : 978-2-226-24305-8
N° d'édition : 16735/01. – N° d'impression : 122322/4.
Dépôt légal : septembre 2012.
Imprimé en France.